奇谭贩卖店

[日]芦边拓 著　青青 译

芦边拓幻想短篇集

台海出版社

◇千本櫻文庫◇

◇前言 PREFACE

文库,原本是指收纳书物的仓库和书库,也指收纳书与记事簿,以及不常用物品的小箱子。以前者为例,京滨急行线的"金泽文库站"就是以前镰仓时代北条氏用来收藏汉书用的,"金泽文库"名字的由来便是如此。东京都的世田谷区也存在着收集着珍贵汉书的"静嘉堂文库"。后者则更多地被称为"手文库"。

江户时代以来,可以放入袖袂的小开本书籍逐渐流行起来,被称为"袖珍本"。明治三十六年(1903年),富山房发行了小开本的丛书,起名"袖珍名著文库"。随后,明治四十四年(1911年),讲述战国时代的猿飞佐助和雾隐才藏系列故事的讲谈社"立川文库"发行出版。讲谈是日本民间艺术,以口语化的方式讲述历史故事的形式。而"立川文库"则是将讲谈收录成册集中出版的丛书,据统计,当时刊行量为200册左右。从那时起,文库就脱离了原本的释意,逐渐演变成了现在的类书集丛。

文库的说法借鉴了日本出版业界的传统说法。而千本樱源自日本奈良县吉野山樱花盛开的奇景,世人皆称"一目千本樱"来形容樱花美景。千本樱文库的纳入作品皆为日系作品,题材包括推理、悬疑、幻想、青春、文化等类型,正如千本樱满山盛开的绝景。

现代日本，以"文库"命名刊行的丛书系列有 200 种以上，所谓"文库本"只不过是统称而已。日本传统的"文库本"常用的是 A6 尺寸的 148mm×105mm，也叫"A6 判"。千本樱文库的所有书籍将在"文库本"的基础上提升，达到 148mm×210mm 的开本标准。追求还原的前提下，力图带给读者更清晰的阅读体验。

从 20 世纪 70 年代以来，日系推理小说逐步进入中国读者的视野。随着时代更替，涌现出了各种不同风格的作家。日系推理能够长久不衰的原因之一，在于设立的各种新人奖，这些新人奖能为日本文坛输送新鲜血液，不断地创作优秀作品。鲇川哲也奖是日本东京创元社在 1990 年创立的公募新人文学奖，也是日本推理作家们至关重要的出道途径。该奖创立以来挖掘出了众多才华横溢的作家，如芦边拓、二阶堂黎人、西泽保彦、柄刀一、城平京、相泽沙呼等。

芦边拓是第一届鲇川哲也奖的获得者，但他却出道于幻想文学新人奖。其作品风格多样，涉及知识丰富，从学术到流行文化无所不有。本次为大家带来三部他的幻想短篇小说集，分别是获得了"第十四届喝酒的书店店员最爱作品大奖"的《奇谭贩卖店》，致敬了江户川乱步《押绘与旅行的男人》的《乐谱与旅行的男人》，以及《叔叔的旅行箱：幻灯小剧场》。

三部作品中都各自收录了 6 个短篇。《奇谭贩卖店》是本系列的第一部。在《奇谭贩卖店》中，主人公因在旧书店偶然拿起的书而被卷入多舛的命运。旧书店是一个具有奇特魔力的空间，每个故事结束后都仿佛从梦中醒来。这是关于书和旧书店的奇特故事!请从踏入旧书店起,当心你的身后。

千本樱文库编辑部

奇谭贩卖店　前言

这是有关"我"和六本书的故事。

主角是"我",当然撰写者也是"我"。

但这也是"你"的故事,这是专门为"你"创作的一部小说,还请细细品鉴。

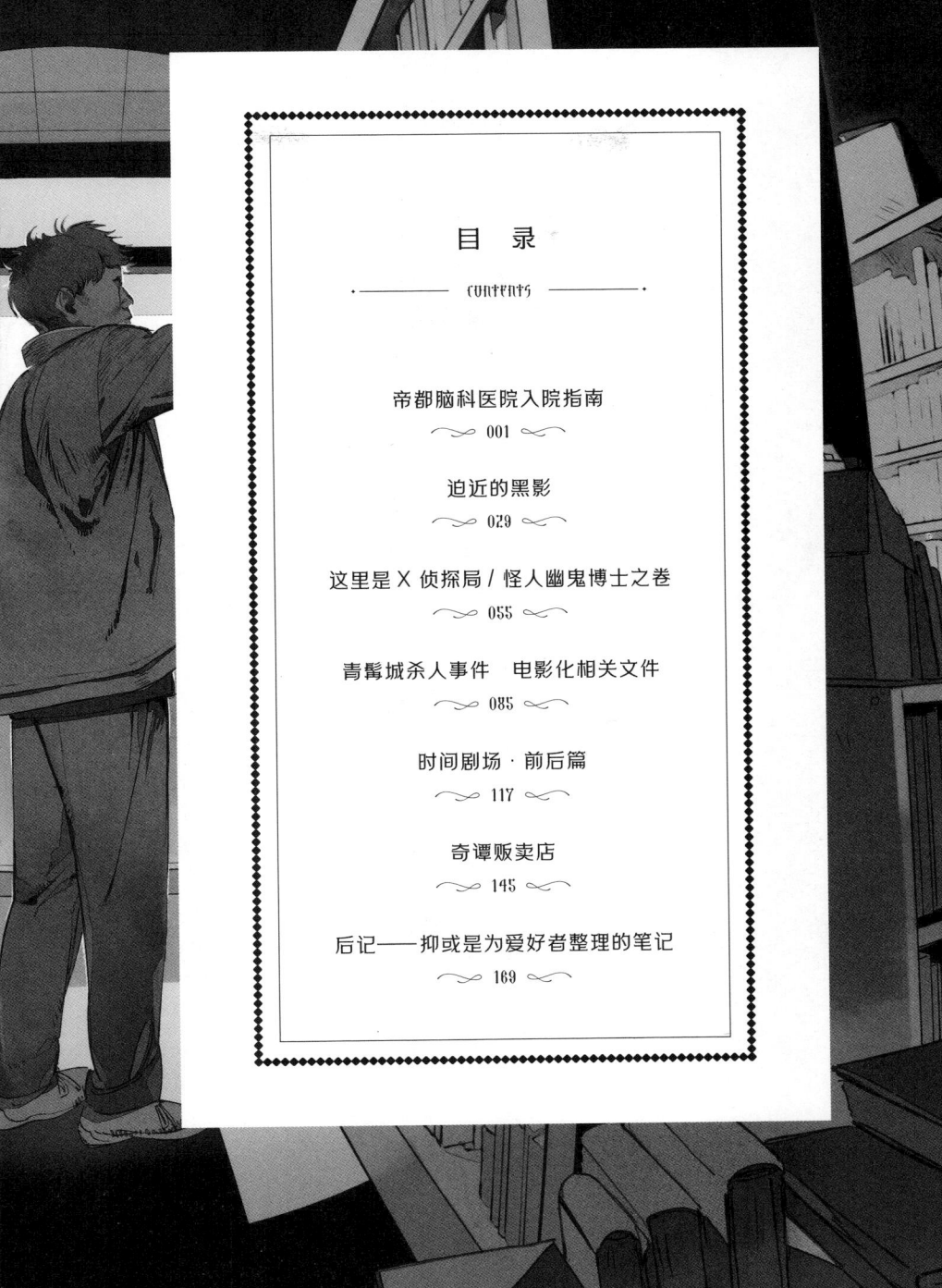

目录
CONTENTS

帝都脑科医院入院指南
001

迫近的黑影
029

这里是X侦探局／怪人幽鬼博士之卷
055

青髯城杀人事件　电影化相关文件
085

时间剧场·前后篇
117

奇谭贩卖店
145

后记——抑或是为爱好者整理的笔记
169

奇谭贩卖店

1

——又买了一本书。

头顶传来老式电车驶过的轰鸣声，我正位于商店街角落处一家不起眼的旧书店内，这里距离老旧高架桥旁的车站仅几分钟路程。我穿过挂有店铺招牌的大门，来到天色阴沉的室外，叹着气轻声嘀咕了一句。

陈旧而模糊的玻璃门后摆放着几个用木板制成的书架，上面塞满了各式各样的书本。方才我正置身于那飘散着独特气味，光线略显昏暗的空间内，安静地挑选着书本。就这本吧！我抓起一本书，朝着书店里侧的收银台——确切来说是一处简陋的收银点——走去。

反手关上书店玻璃门的瞬间，我突然有种如梦初醒的感觉。怎么又买了一本？我低头看着手里的牛皮纸袋，暗自嘀咕道。这是我用几张纸币换来的收获。当时我还觉得自己淘到了宝贝，认为这书能为小说提供有用素材来着……

旧书店似乎精通某种魔法，或者说诈骗术。我每次都会毫无悬念地上钩。即便清楚这一点，我还是会忍不住买书，这种习惯早已刻进了我的生命里，对此我也无可奈何。

不过，今天的魔法效果比往日要来得强烈（但解除得也更快）。透过纸袋不难看出，这是一本廉价的薄款书，若是放入书架或文件袋内，想必很容易被忽略吧。

哎呀，又冲动地买了本书——我轻声嘀咕道。就在我板着脸往前踱步的时候，我突然想起了一个无关紧要的问题，并下意识地歪起了头。

我从中学时期便开始光顾旧书店，算起来，这是我买的第几千几百本书来着……

以往我只会逛新刊书店和图书馆，直到某次我在街上游荡时，偶然发现一家旧书店，这才开始沉迷其中。我总觉得旧书店里有一种独特的气氛，你永远不知道里面隐藏着什么。

我像是发现了一处稀缺矿脉，或像是找到了一扇通往异世界的大门一般，无论去到哪里，哪怕是外出旅行，我都会首先寻找旧书店。这点想必很多人都深有同感吧。

但很快我发现，不管我挖到的书多么稀有，那也只是一本书而已。那些我费尽千辛万苦买来的旧书，并没有起到多大作用，也没有为我的人生带来任何改变。

即便如此，我还是会买。像是早已习惯上当受骗那般，我再次用钞票换了一本毫无意义的旧书。

我来到最近的车站，乘上电车。走出纷杂的车站后，我来到时常光顾的一家茶餐厅。这家店铺飘散着昭和时代的气息，咖啡和小吃味道都还不错，关键是价格便宜。店里的座椅没有其余餐饮店铺那么舒适，生意也相对冷清。

即便我一人占着四人的席位，店主也不会多说什么。对我来说，这里是撰写文章、思考问题的绝佳去处。有时我也会担心这家店会不会入不敷出，但应该是我多虑了吧。

今天，我选择坐到了一张两人坐的餐桌前。点完单后，我兴冲冲地从牛皮纸袋里取出今天的收获。毕竟我可没耐心等到回家再看。

在餐饮店掏出一本略显脏污的泛黄旧书着实有些不雅，可我偏好这口。而且，书本很小，不太容易引起周围人的注意。

我拿出那本不足二十页，比小尺寸笔记本还要略小一圈的册子。封面上用无声电影字幕般的字体写着一行淡绿色的扇形标题。

帝都脑科医院入院指南

——当然，书上是横向从右边读起的。

下方绘有一座带西式尖顶的日式建筑，一部分是剪影风格，让人不禁联想起巴伐利亚的狂王路德维希二世的新天鹅城堡，但也许那只是一种由图案和标志组成的商标。

帝都脑科医院是日本最早的精神病医院，建于明治末期，现位于东京练马区的一座山顶上。据说那里曾是一处知名的地标性建筑。因为卷首赫然写着这样两段文字：

本院成立于1909年。院长恩田飚太郎在奥地利获得医学博士学位后，回到日本，花费三年时间在东京府北丰岛郡×××建造了这所医院，是日本精神疾病、神经系统疾病及脊髓疾病领域的先驱者。

医院占地面积5000坪[1]，位于帝都境内。院内空气清新，景色怡人，四周被山林环绕，清幽僻静，如同一座耸立在山丘上的西式宫殿，令人不禁联想起美丽的龙宫城，可谓这一带声名远扬的地标性建筑。

从字面来看，多少有点自卖自夸的意思。

序言部分配了一张清晰的照片，上面是一位戴着圆框眼镜，留着八字胡须，身穿高领彩色衬衫，搭配男款长礼服的绅士。照片四周缀有椭圆形边框。

毫无疑问，这位正是恩田飚太郎院长。下方还展示了恩田博士的履历、学位证书以及院长前往美国和欧洲参与脑部疾病研究期间，与维也纳大学的知名教授团队开展学术讨论时的留念照等，借此彰显海归博士院长的权威。

接着是医院的规章制度，上面记载了包括问诊费、处方费、医疗诊断费、依距离而定的上门服务费以及从特等到四等的住院费等，但由于不清楚当时的物价，我暂时无法领会当中的趣味性。

但"本院的设备"这章弥补了这方面的不足。首先映入眼帘的是

1　日本面积单位，等于一日亩的三十分之一，合3.3057平方米。——译者注

一张占据两页图版的"帝都脑科医院全景图"（由于书的尺寸很小，照片也称不上很大），而封面图只是这张照片的一小部分。

医院四周筑有牢固的砖砌围墙，穿过气派的门柱，可以在正前方看到设有钟塔的玄关，左右两侧各有一条带圆柱的回廊——书中说，这是一种修建在建筑外围的"平台式檐廊"，十分狭长。院内建筑整体为两层结构，上方修有巨大的瓦片屋顶，再上方设有四个尖屋顶的"瞭望塔"，使整栋建筑看起来比实际要高大得多。

玄关两侧的建筑中，左侧的建筑较短，没有修建任何走廊，看起来十分普通。前院和后院分别坐落着几栋大楼，光是病房就占了五栋。最大的砖砌楼房长达五十多米，包括小型木造建筑在内，当中共有二十多栋建筑、七个庭院和一个运动场。

院内分别设有西式病房和铺着榻榻米的日式病房，这在当时也是很时髦的。

更有趣的是其他设施的介绍，耐心读下去会发现，医院还有"轻症室""安静室"，由矿泉浴、电热浴、冷水浴和微热浴组成的"治疗浴室""娱乐室""蒸汽消毒室""烹饪区"，以及"珊瑚室""明镜室"等从名字很难猜出用途的设施。它们主要位于住院部的一楼或附属楼内。

房间里使用了大量的"花岗岩""人造蜡石"，以及"紫檀木""黑檀木""铁木"和"红松"等，另外搭配了许多藤蔓图案。天花板上缀有"石膏雕刻"作品，地面铺有"濑户地毯"，每一处细节都极具特色，仿佛在向人们展示何为"美丽""艺术""前卫"。

当中最怪异的要数"绿色治疗室"。关于这处设施，书中是这样描述的：

该设施位于住院部一号楼的一楼，室内被完全涂成了蓝绿色，用于接收处于亢奋或狂躁状态下的病人，能起到一定的镇定和安抚效果。

本院十分认可并重视色彩疗法，除了"绿色治疗室"外，本院还开发了一种可以在室外使用的色彩疗法，有意向的人可随时与我们联系。

——以上就是书中对该设施的介绍。

看到这里，我莫名地激动起来。

别说是明治时代的日本，即便是现在，也很难见到这种建筑。像这类融入了日式风格的西式建筑，在欧洲恐怕也很难找到吧。

更重要的是，这栋建筑萦绕着怪异的气息，总感觉有什么事情要发生。没错，这里可以成为任何故事的舞台，尤其是那种不同寻常、年代久远的故事。

比如令人泣血的惨痛悲剧、气势恢宏的打斗戏码、诡异而惊悚的灵异故事和开启异世界体验的科幻故事等，都与这处建筑的气氛无比契合。

最合适的还要数大吉尼奥尔——几十年来，因在巴黎上演怪诞、残忍、血腥、恐怖戏剧而出名的剧院——的戏剧吧。

这么做可能对以阅历丰富的恩田博士为首的医生、护士、病人及其家属颇有不敬——或许他们也曾为这种偏见感到苦恼——我开始在脑中展开漫无边际的幻想。

也许这栋建筑物里也像夏普塔尔街二十号的大吉尼奥尔剧场那样，正在上演着血腥残忍的拷问、恶魔般的人体实验以及各种诡异离奇的犯罪行为。众人失去理智，头颅滚落在地，遍地鲜血，硫酸飞溅……诸多画面涌至脑海。我愣愣地盯着书上细小的文字，仿佛要将照片看穿一般。

要是能更深入地了解这座形状怪异的西洋建筑，或许我可以写出任何我想要的故事。若是能窥见这扇门后，或是那扇窗户后的光景，我肯定能写出史无前例的佳作——对此我十分笃定。

我怀着激动的心情又翻了一页。

映入眼帘的是几段文字以及一些怪异的配图，看完让人不禁后背发凉。因为上面介绍了一些从现代角度来看完全无法理解的治疗手法。

比如各种捆绑工具、手铐、脚镣以及约束衣。还有一张上方罩着固定网，让人躺上去无法动弹的床，旁边还得意地配着介绍文字——近来有许多学生因为学习压力太大，或因为哲学、爱情、就业等人生问题患上脑神经衰弱或其他精神疾病,继而引发自杀的悲剧,为了防止这种情况的发生,本院推出了这款最安全、最便捷的预防利器。

看到这里,我本来有些失望,但后续那张"年轻可爱的脑病患者(妄想症患者)使用最新 Elektrokrampftherapie 疗法的照片"令我心头一震。

——在某个诊疗室里,一名身穿晨礼服的医生拿着一个圆筒状物体,正往坐在椅子上的患者身上推。圆筒状物体的一端通过螺旋线连接着一台怪异的机器。医生个子很高,身形消瘦,高高竖起的衣领恰好抵着下颚,脖子上打着领结。

最引人注目的是那张冷峻的侧脸。他有着日晷指针般的鼻子,紧闭的薄嘴唇——以及一张冰冷的扑克脸。我的脑中突然闪过一个身影。

那不正是电影史上的著名默片——弗里茨·朗执导的《大都会》[1]中,时刻缠在主人公们身边的"无影男"吗?随着时间的流逝,原版胶片一点点遗失,最先丢失的就是这个怪人的登场画面。从这点来看,他也算得上是一个象征性的登场人物吧。不知为何,看到照片里这名医生的模样,我莫名地想起了他。

严格来说,那张图片给我带来的感受不止于此,只是当时并没有

---

[1] 《大都会》是由德国著名导演弗里茨·朗执导的一部经典科幻默片,于一九二七年一月十日上映。影片虚构了一个未来时代的城市,人类被分为两个阶层,生活在两个截然不同的世界。原版已经永远丧失。——译者注

太在意。

相较之下，患者是一个娇小玲珑的年轻女孩，看起来也就十来岁，留着一头柔顺的长发，一双娇艳迷人的大眼睛，以及莫名地充满魅惑感的嘴唇。

与照片中充满浓重年代气息的人物和背景相比，女孩的脸庞显得十分现代。也许她是穿越到过去的现代人，因为时运不济，被送进了帝都脑科医院——我突然冒出了这种古怪离奇的猜想。

不过，那个名字冗长的治疗法究竟是什么？Elektrokrampftherapie——我勉强读出这个单词的发音，惊愕地再次看向照片。

莫非这就是传言中的电休克疗法——一种已被国家严令禁止的电击疗法？

应该是这个没错。如果是这样，除非女孩是在拍摄宣传照片，否则在按下快门的下一秒，女孩就要经受剧烈的刺激和疼痛，继而痛苦到昏厥。

想到这里，我恨不得立马冲到他们中间，朝着照片中的"无影男"大喊"住手"。但所幸照片里的时间是永远静止的，并没有发生我所担心的事情……

我竟会紧张到想喊"住手"——我苦笑着嘀咕道。我为何会对这张照片抱有如此强烈的真实感？对此我也百思不得其解。

为了掩饰内心的尴尬，我迅速翻动书页。就在册子快要见底的时候，一张建筑平面图映入眼帘。这栋建筑的玄关上方设有钟塔，上面

帝都脑科医院入院指南

细致地描绘出了上文提到的各个治疗室、问诊室、研究室以及不明数量的病房。

原来如此，这个或许有用……

我轻轻点头，下意识地露出微笑。但起身后，我并没有急着回自家书房。

这里要对正在期待我新作品的编辑和读者们说声抱歉，故事还没有进入正题。在此之前，我还需要完成一些工作。

在家居商店、画材商店以及模型专卖店转悠几个小时后，我终于踏上了回家的路。也许旧书店的发现和后续的收获能为我提供不错的灵感——我边想着边往家里走去。

2

后来不知过了几个星期。自那以后，我几乎没有出门，每天忙着摆弄纸片和木片，喷洒各种涂料和黏合剂。经过我的一番努力，一件堪称杰作的微缩模型终于以近乎完整的姿态呈现在了我家角落处的桌子上。

我不仅复刻了主体建筑，连围墙内的庭院和草木都用透景画的方式完整地重现了出来。我扫了一眼以几百分之一的比例复刻的建筑景观，暗自嘀咕道：

"好，接下来把这个装上去……"

终于到了收尾阶段，我怀着紧张的心情，将用隶书写着"帝都脑科医院"字样的招牌——木纹纸片贴到了门柱上。模型的平衡性和角度都恰到好处。

"呼——"

我长吁了口气，擦了擦额头上的汗水。接着依次从近到远，仔细端详起自己的作品来。简直完美。

我取出《帝都脑科医院入院指南》，细致地比对起建筑全景图片和微缩模型。我毕竟不是这方面的行家，部分位置难免会有些变形，但呈现出的效果还算满意。

——回到家后，在某个突如其来的想法的驱使下，我开始参照书册里的图片，废寝忘食地制作起帝都脑科医院的模型来。

起初我以为材料只需要几张纸板和轻木板，实际操作才发现，模型墙壁需要用到泡沫板。我先剪出复杂怪异的零部件，接着组装，贴彩色画纸，绘制纹路。窗户用经过细致裁剪的PVC塑料板逐一镶嵌而成。

原本我还担心屋顶瓦片逐一粘贴起来工序太过繁杂，后来我才知道原来可以用石粉黏土捏出大致的模样。整个过程耗费了几天时间，绝对算不上轻松。

我像是着了魔一般，总觉得这栋怪异的建筑里潜藏着无数精彩绝伦的故事。可不管我怎么观察书中那几张照片，都无法从中获得任何灵感。然后——我意识到一件事情。

若是去询问旁人的看法，他们一定会说："那是一种逃避行为。你根本不想写小说，或者压根儿写不出来，所以假借制作模型来逃避现实。等模型做好，你又会开始找下一个借口。"——也许不会这么直白，但一定不会太中听吧。所以，这里姑且换个说法，就当我只是单纯地想做一个景观模型，借此还原帝都脑科医院的景致吧。可若是如此，又该如何解释我做这些事情的动机呢……

开始动手后，我逐渐感受到了当中的乐趣，甚至开始追求更多细节。参考资料只有一张粗略的图片和一段简短的介绍，许多部位的结构并不清晰，但不可思议的是，我竟凭一己之力补齐了这些位置。

那么，这个位置的细节该如何处理呢……在思考的过程中，建筑之间的关系以及房间、走廊和楼梯之间的联系清晰地浮现在我眼前。我追随这些画面，逐一填补空白的位置。

经过一番努力，微缩模型终于完成。我将其放到透景画中，接着往最喜欢的马克杯里倒了杯咖啡，独自欣赏起自己的杰作来。俯视、斜视、将脸紧贴桌子边缘……我变换各种姿势，不厌其烦地打量着桌上的模型。

后来，我时不时会盯着它看上几个小时，有时甚至会看上一两天——直到我透过模型病房的窗户，看到里面闪过一个黑影。

这种情况远不止一两次。起初我以为是自己产生了错觉，谁知那影子竟然溜出大楼，出现在了我辛苦制作的砖砌围墙的内侧。

仅从其大小来看，可能是某种昆虫。它的皮肤裸露在外，表面没有覆盖甲壳，看起来十分光滑。它长有完整的四肢，但移动时仅用其中的两条腿行走，从这点来看，称其为昆虫似乎有些不妥……

难道我遇到了新物种？还是说，因为长时间沉迷手工作业，视觉和神经受到了损伤？我有种不祥的预感，因为我的亲属里有人患过眼疾。

可即便所有工序告一段落，我的视线仍然无法从透景画上挪开。我担心那只怪异的"昆虫"——称其为小矮人似乎更合适，但我不敢往这个方向多想——会再次出现，甚至会溜到微缩模型外。

出于对未知事物的恐惧，即便偶然看到那只小矮人，我也会装作视而不见，继续若无其事地观察由纸板与合成树脂搭建而成的帝都脑科医院模型。直到某天，事情迎来了决定性的进展。

小窗户后的那个人影竟然与我四目相对。他的眼神凌厉而冰冷，仿佛能看穿一切！

被看到了？难以言喻的恐惧顿时袭上心头，我吓得向后退了一步。接着从放有微缩模型的桌子边缘探出眼睛，战战兢兢地窥视起窗户后边的情形。

小矮人还在里面。对于窗外出现的巨人，他没有表现出丝毫的恐惧，只是将头扭向旁边，在那里伫立了片刻，然后缓缓地走开了。

看来，我虽然可以从外面看到他，但小矮人——我决定不再称其为"昆虫"——并没有办法从里面看到我。确认这点后，我总算放下心来，毕竟谁也不敢保证这种情况下不会出现意外。

但这件事再次在我心底掀起一阵波澜。若是看到一个普通幻影倒还好说，但问题是那个幻影看起来有些熟悉……

刚刚那个莫非就是照片里的"无影男"——可这怎么可能！

我茫然地将手肘撑在桌上，久久地蹲在原地，其间什么也没看，更不敢思考刚才提到的可能性。

不对，等等。那确实是——不，怎么会？绝对不可能！

不知过了多久，等我回过神来，再次看向桌面时，那里只剩一个空荡荡的纸质模型，我极力四处搜寻，可别说"无影男"，连一只恼人的"昆虫"都没有。

后来，我继续苦苦思索，试图在记忆中寻找蛛丝马迹。经过一番折腾后，我决定给在大阪——我几年前离开的那个地方——悠闲度日的姐姐打个电话。

"喂，姐姐？是我。好久没联系了。姐夫最近还好吗？啊，那就好。啊？嗯。其实，我有件事想拜托你——没，也不是什么大事。就是……我想麻烦你去我们的老房子里看看，就是妈妈以前住的那个房间，现在当成仓库的那个……"

我移居东京后，老房子一直处于闲置状态。姐姐为了帮忙打理，在姐夫退休后，索性搬到了老房子附近居住。所以，这次的事情拜托姐姐最合适，而且她是我目前唯一可以依靠的人。

两天后，我收到了姐姐寄来的快件，里面正是我委托她帮忙寻找的东西。

姐姐做事向来雷厉风行，从时间来看，应该是刚挂断电话就把东西寄了过来。不过，包裹的体积比我预期的要大几倍。

这到底是怎么回事？我怀着疑惑的心情拆开姐姐精心打包好的包裹。这次我委托她寄来了一本老家的相册，但我并不确定里面是否有我想要的东西。

兴许是听出了我的迟疑，姐姐把几本战前的相册，以及随意收纳在袋子和盒子里的照片全都寄了过来。

也没必要寄这么多吧——话虽如此，我还是十分感激。有了这些照片，找到有用信息的概率会大大提升。

我先从箱子里取出电话里提到的那本黑色相册。没错没错，就是这本。我记得父母给我看过好几次。但当我拿起那本沉甸甸的相册，翻开第一页的时候，一股莫名的期待和不安涌上心头，我紧张得轻声吹起了口哨。

里面会有那个吗？还是说……

我迫不及待地翻开陈旧的封面，翻动清一色的黑色底纸。里面主要是一些战前时期的照片，另外还有一些大正时期的老照片。神色拘谨的留念照、部分抓拍的生活照以及自家房屋和店铺修建、改建后的记录照等，相册内杂乱无章地粘贴着各种照片。

照片中的人物大多是我的祖父母、亲戚以及从我记事起便不在人世的亲友。父母把相册拿给我看的时候，我基本已经分不清谁是谁了。这也难怪，毕竟当中很多人长得很像，而且照片上也没有标注拍摄年份。

我为什么要大费周章地托姐姐把这东西寄过来呢？下面很快会给出答案。

眼看着相册已经翻阅过半，可我还是没能找到想要的那张照片。我开始怀疑是不是自己的记忆出现了偏差。

"找到了……"

我下意识地喃喃自语道。兴许是在庆祝某种节日，宽敞的日式房间内并排坐着众多男女老少，当中有我只在照片上见过的祖父母和亲戚。但令我吃惊的是，"无影男"也在其中。从那清冷的样貌和高大的身材来看，应该是他没错。

从看到"入院指南"中的那张照片起，我便一直莫名地有些在意。因为他的样貌一直模糊地存在于我的记忆中。但没想到，我们竟会以这种方式联系在一起……

照片中的气氛十分喜庆，每个人脸上都洋溢着笑容。唯独他一脸不快地坐在稍远的位置，显得有些格格不入。

后来，我又在另外几张照片中见到了"无影男"的身影。我通过照片旁附注的文字得知，他名叫炼之助，是家里不远不近的亲戚，素日喜爱钻研学问——很可能是在学医。

当中有一些他在船上的留念照，多半是出国留学时拍摄的。虽然这些与帝都脑科医院并没有直接联系，但相册中零星掺杂着他在东京抓拍的照片，由此可以推测，入院指南中的那个人应该就是他。

目前得出的结论只有这些。不过，难得姐姐帮忙打包邮寄，我顺便把其他照片也翻看了一遍。每张照片里都充满了历史与回忆，但能够详细告知具体细节的人早已不在人世。

就在我随意翻看照片期间，一个布满灰尘的信封映入眼帘。上面用墨水写着"炼之助遗物　工作单位寄出"。

遗物——那个年代距今十分遥远，算起来，他应该已经不在人世了。从字面意思来看，应该是"无影男"死后，大阪那边将物品寄回，并保存到了今日。

我思考片刻后，解开信封上的绳子，但里面的东西再次令我愕然。

里面——竟然有她的照片。六英寸大小的相纸上印着手册上那名即将接受电击治疗的女孩的肖像，她带着似笑非笑的表情，有意无意地看着我。

那是一张黑白半身照，从中很难辨别服装的颜色，不过我猜她可能身着一袭白裙，胸前搋着一本外文书。

封面上写着 The Wonderful Wizard of Oz by L. Frank Baum——《绿野仙踪》作者：弗兰克·鲍姆。

这部作品也是前不久才被翻译成了日文，当时要想看这本书，只能去阅读原著，在那个"桃乐丝和她三个朋友的故事"还不太为人所知的年代，这本书在她的手中显得十分和谐。

我翻过来看了看照片的背面，上面只写了"Dorothy（桃乐丝）"几个字，并没有标注女孩的真实姓名。莫非桃乐丝是旁人给她起的外号？

但话说回来，这个女孩究竟是谁？一个仅限于医患关系的女孩的照片为什么会出现在这里？莫非是他偷偷拍下，然后带回或寄回了大阪？本以为他是个情感淡漠、对男女之情毫无兴趣之人，看来并非如此——

得知那个固执刻板的人私下竟珍藏着一个女孩的照片，活着的亲友会怎么想呢？然后又是怀着怎样的心情把照片装进信封的呢？

我下意识地露出微笑，将"桃乐丝"的照片放回信封。突然，里面传来一阵"沙沙"声，我惊讶地朝信封里看了看。

看来里面除了照片，还放了其他东西，我把手伸了进去。

不一会儿，指尖捏出了一张红褐色的纸片。仔细一看，那是从报纸上剪下来的残片，仿佛轻轻一碰就会破裂。我小心翼翼地打开，一条醒目的标题和一篇骇人的报道赫然跃入视野。

帝都脑科医院飞来横祸

海归医生坠楼身亡

昨天清晨，府下北丰岛郡×××帝都脑科医院的前院惊现一具年轻男性尸体，辖区派出所责任警官调查发现，死者为该院的医生芦边炼之助（三十岁）。根据尸检结果推测，死者可能是在黎明时分从二楼空病房走到面向庭院的走廊上后，不慎冲破老化的护栏，坠楼致死。

芦边医生刚从欧洲留学归来，应院长恩田博士的邀请，来到该院工作，主要负责用电击设备等治疗患者的精神疾病。

因剧烈撞击，尸体浑身布满伤痕，颈部骨折，场面十分惨烈。现场周围散落着死者坠落时打碎的彩色玻璃花瓶碎片。不可思议的是，该病房的走廊尽头设有一处岗亭，夜间会有人轮流值守，禁止任何人出入。因此只可能是该医生提前进入病房，虽然无法确定后来发生了什么，但基本可以断定，这期间只有他一人在病房内，此次事件不可能是他人所为。

前日，该院全体医生邀请附近居民举办了一场慰问会，其间推出了运动竞技、出摊等活动，现场十分热闹，怎料隔天发生坠楼事件，所有人都大为震惊。

得知此噩耗，恩田院长表示："故人生前对临床医学的研究颇为热心，怎料发生这种意外，推测是因工作太过投入，过度疲劳导致神经受损，最终走向自杀，或因注意力涣散，意外坠楼。"

3

我的亲戚"无影男"，也就是炼之助在帝都脑科医院坠楼身亡——看到这篇报道时，我的脚下像踩着流沙，整个人逐渐失去平衡，几欲瘫倒在地。

这是几十年前发生的事情，相关人员早已不在人世，悲剧的事发地——那家医院也早已不复存在。即便那人是跟我存在血缘关系的亲戚，如今也只能为之叹息。

但是……那座宛若龙宫的帝都脑科医院建筑此刻正矗立在我眼前。不仅如此，我还在里面看到了"无影男"的身影。也就是说，此时他还没有发生意外。

也就是说，且不论是否违背天理，或许我可以想办法改变结局。

仿佛化身神明一般，我知道接下来会发生什么。可即便如此，有很多细节我并不知晓。比如"无影男"死亡的真相、事件背后的故事等。

更令人感到疑惑的是与这篇报道一起保存在信封里的那个女孩的身份。这个出现在帝都脑科医院电休克疗法的宣传图片中，并且混在我家旧相册中的那个女孩究竟是谁？

目前只有两张关于她的照片：入院指南中的那张宣传照，以及她拿着《绿野仙踪》原著的那张半身照。上面没有提及她的姓名或其他任何信息。他们之间究竟有何联系？还是说，她只是一名普通患者，跟"无影男"没有任何交集。若是如此，那张照片为何会出现在我家里？

或许这些已经无从知晓了吧。但真是如此吗？既然他会出现在微缩模型中，那表示"桃乐丝"可能也在里面的某个角落吧。

只要我在帝都脑科医院的模型中细细寻找，早晚能遇到那个小女孩——那个令我无比在意的女孩吧。如此一来，或许可以更加深入地了解"无影男"死亡背后的真相。

但仅仅是为了这个吗？我也不敢确定。也许，我和"无影男"对那个拿着《绿野仙踪》的女孩抱有相同的情感。

说不定我早就看过尘封在我家的那张"桃乐丝"的照片，只是我慢慢淡忘了那段记忆，直到看到《帝都脑科医院入院指南》中的那张宣传照，才再次被唤醒。我会下定决心，废寝忘食地拼出那座微缩模型，也是出于内心深处的指引吧。

但没想到我竟因此看到了过去的世界。我的脑中浮现出一个疑问，那就是他为什么会死？他是如何从二楼的阳台坠落的？然后，这件事跟"桃乐丝"是否存在联系？

现在唯一确定的是，他偷偷地深爱着她。唯独这点毋庸置疑。至于为何如此笃定，因为我是这件事的知情人。

反过来说，除此之外，我一无所知，但我有办法调查清楚。

"没错。"

我暗自嘀咕完，将目光缓缓转向微缩模型。

"只要把每个角落都巡视一遍，那些小矮人自然会告诉我答案吧！"

可结果会是怎样呢？像是在回应我的期待一般，桌上的帝都脑科医院里出现了数量众多的肤色四脚虫。平日空荡荡的庭院内挂满了各式各样的旗子，空地上整齐地罗列着一排排小摊铺，还有乐队在一旁演奏着跑调的乐曲。院内时而升起一阵白色烟雾，不知是烟花还是赛跑信号枪产生的烟雾。

看着院内喜庆的场景，我不由得嘴角上扬，饶有兴致地在一旁看起热闹来。但很快我意识到一件事，内心猛地咯噔了一下。

这……这莫非就是那篇新闻报道里提到的"全体医生邀请附近居民举办的那场慰问会"？若是如此，那几个小时后他将会从那里——

不是吧！

我敢断定，现在举办的慰问会正是事发前那场，否则，这一幕不可能会无端地出现在我制作的微缩模型内。虽然我也没有任何根据……

必……必须要想办法告诉他才行……

我慌张地嘀咕着，目光快速地在模型内游走。突然，我的视线定格在建筑的某一点处。透过某栋大楼一楼的窗户，我窥见了一个人的脸——正是那个女孩。

终于找到了！我仔细看向窗内，但接下来的一幕再次令我大为震惊——"无影男"也在那个房间里。

两人正在愉快地交谈着，如同一对久别重逢的恋人。唯独不同的是，这甜蜜的一幕发生在一间蓝绿色的房间内。

"绿色治疗室？"

在我意识到这点的时候，微缩模型内的喧闹气氛陡然消失，肉色四脚虫们也不见踪影，就连那些五颜六色的旗子和摊位也被撤得一干二净。

取而代之的是空荡荡的庭院，几栋比平日更为寂静的建筑，以及缓缓降临的夜幕——没错，不知不觉间，室外已经迎来了黑夜。

我一时间忘了开灯，夜色逐渐充满整个房间，四周黑得愈发浓烈。很快，不仅是桌上的模型，连周围的物体都变得难以辨认。

就在那时，我明白了一切。我终于知道我为何会在旧书店买下这本手册，以此为参考搭建出那座模型，找到过去的照片和新闻报道，并在模型中看到小矮人们的一举一动。

因为这一切都是我亲手铺垫，并引导出的结果。这也恰好能解释我为何能听到四脚虫们的喧闹声，脑中充满黑色思想的小矮人们的嘀咕声以及他们内心的呐喊声。

这是一个有关"无影男"的悲伤爱情故事——

因为外表和行为举止颇为高冷，旁人都对炼之助避而远之，他本人也一直对这个与他人格格不入的自己感到厌烦。

不知是否出于这方面的缘故，他决定投身心理疾病领域，并前往海外留学深造。后来，他受邀前去帝都脑科医院坐诊，并在那里接诊了一个女孩——一个名叫"桃乐丝"的患者。

我也不清楚当时两人是初次见面，还是很早以前就认识，如果那张照片是女孩入院前拍摄并送给他的，那表明两人在帝都脑科医院是偶然重逢。

总之，他成了"桃乐丝"的主治医生，并彻底被她迷住。为了帮她摆脱痛苦，他想尽办法为她治疗心理和精神方面的疾病。为此，他不惜采用电休克疗法，让她承受了莫大的痛苦。

我无法想象这会给少女的心理带来怎样的变化。更是连做梦也没想到，他竟会从二楼病房的阳台坠落，摔得粉身碎骨。

——炼之助从二楼坠落致死，如果这并非出于他本人的意愿，那只可能是他人所为。要么是被人突然从二楼阳台推下，或是被人威胁跳楼自杀，抑或是被人设陷意外坠楼，除此之外我想不出其他可能。

比如让当事人产生误解或错觉。没有人会明知自己身处二楼，还特意从阳台往外走。会出现这种意外，只可能是他当时确信自己正位于一楼吧。

要想达到这种目的，把二楼的房间伪装成一楼特有的房间更为有效。比如把"轻症室"伪装成"安静室""娱乐室""治疗浴室"，或是——"绿色治疗室"。也就是他和那个女孩重逢的地方。

绿色治疗室是一个墙壁全被涂成蓝绿色的房间，主要用于安抚病人的情绪。如果有人在某个房间醒来，注意到四周被涂成了蓝绿色，肯定会潜意识里认为那里就是绿色治疗室吧？然后，自然而然地认为自己正位于一楼。

要想把一个普通房间改成那种颜色，可以把天花板上的灯换成蓝绿色，或是用彩色玻璃纸包裹灯泡。但这样会在现场留下证据。

对了……她正在读《绿野仙踪》！

我突然意识到这个问题。

在那个故事中，每个进入翡翠城的人都必须要戴上带锁的绿色眼镜，否则眼睛会被耀眼的灯光刺瞎。实际上这是奥兹巫师——乘热气球来到奥兹国的奥马哈腹语术师撒下的一个弥天大谎。他只是略施小计，将普通街道变成了闪烁着绿色光芒的翡翠城而已。

对于这个治疗项目，指南手册中有这样一段描述——"本院开发了一种……可以在室外使用的疗愈器械"，意思就是，医院开发了一种类似带锁绿色眼镜的道具，也就是便携式绿色治疗室。

慰问会结束后，炼之助趁着门卫到岗前，先进入了二楼的空病房——确切来说，是被人提前下了药，然后被扛到了这个房间。或者提前被人带到了这个房间，其间喝了房内下了药的饮料，在药物的作用下，很快进入昏睡状态。这里毕竟是医院，安眠药很容易就能弄到。嫌疑人把他带进了便携式绿色治疗室——也就是给他戴上了一副镶有蓝绿色镜片的眼镜。

几个小时过后，天空开始泛起鱼肚白，他逐渐恢复意识，睁开惺忪的睡眼……这时，他的耳边传来敲击玻璃窗户的声音。这一步嫌疑人完全可以在一楼借助一根长棍完成。

在窗外愈渐强烈的光线的照射下，整个房间变成了蓝绿色，他因此产生了错觉，以为自己正位于一楼的绿色治疗室内。如此一来，他也会自然地认为，窗户外就是医院大楼前的庭院。

但实际那是新闻里提到的"走廊"，也就是指南手册里说的"平台式檐廊"。彩色眼镜瞬间被撞碎，玻璃碴散落一地。接下来嫌疑人只要快速清理碎片即可，但为了更好地掩盖真相，他选择在地面撒上"彩色玻璃花瓶"碎片，借此混淆视听。

无须亲自动手，嫌疑人便巧妙地设计出了男医生意外坠楼的现场。但他为何如此痛恨"无影男"，甚至到了不惜痛下杀手的地步？

答案一开始就十分明了。不过我也是费了好一番功夫才想到。这是对恋爱观扭曲、只会用堪比上刑的治疗手段来表达爱意的"无影男"的报复，而实施报复的人正是——突然，我感受到了一道锋利的视线，我将目光转向微缩模型的一角。刹那间，我浑身的血液仿佛被冻结。

"桃乐丝"正看着我。她近乎病态地瞪圆双眼，带着既像天使又像魔鬼的笑容直勾勾地盯着我。

突然，某物从高处坠落，重重地砸在地上。眼前出现一具脖子和四肢呈剧烈扭曲状的男性尸体，乍看之下，如同一只被踩死的四脚虫。"桃乐丝"盯着我，缓缓地蹲下来，拾起从男子脸上掉落的彩色眼镜，折断镜片早已碎裂的镜框，扔向远处。

"桃乐丝"继续一动不动地盯着我，脸上依然带着笑容。接着，她的脸越来越近，越来越大。她和桌上的微缩模型逐渐巨大化，仿佛要侵入我所在的世界一般。还是说，我的身体在逐渐变小，并即将被吸进帝国脑科医院所在的模型空间？啊，饶了我吧，桃乐丝，刚刚那一幕我会装作没看到的……

什么？路易？不是，是桃乐丝。路易体？意思是我脑子里有这东西？怎么可能，我在讲桃乐丝的事情，她明明就在那具模型里，跟许多小矮人在一起。啊，你说什么？我得了路易体痴呆症[1]？都说了我不认识什么路易体！啊，桃乐丝，求你了，饶了我吧。我好想见你。但是，求你别来我的世界，也别把我拽入你们的世界……

---

[1] 路易体痴呆症是一种神经系统变性疾病，临床上主要表现为波动性的认知障碍，帕金森综合征和以视幻觉为突出表现的精神症状。——译者注

迫近的黑影

1

——又买了一本书。

离开旧书店，走在拥挤的商店街上，我又不禁喃喃自语。

拿着干瘪的钱包和比看起来要重得多的牛皮纸袋，正想叹口气时，电车伴随一阵震耳欲聋的轰鸣声，从眼前的高架桥上驶过。

突然，一阵莫名的失落感袭上心头，此前怀有的些许喜悦感也随着渐远的列车与轰鸣声烟消云散。

这也是偶尔难以避免的事情。书就像是作者或出版者在世间留下的痕迹，尤其是旧书，当中可能蕴藏着前主人的思想与情感。

平日我很少注意这些，但有时它们会一股脑儿地涌入我的视野。今天这本书便是如此，而且这种气息十分浓烈。

在时常光顾的旧书店发现这本书时，我先是为它的稀有性感到惊讶和激动，复古侦探的题材十分契合我的喜好，我差点想大喊一声"太好了"。可我为什么会感到烦恼呢——在回答这个问题之前，请允许我先乘电车前往常去的那家茶餐厅。

今天幸运地在电车上找到一个座位，但我没有急着在车上翻开那本书。是担心书本太旧，书页容易损坏，还是因为那本书的外观看起来太寒酸？

两者皆否。如果只是因为这些，我完全可以若无其事地拿出来阅读，不用在意旁边坐着谁。今天买的这本书没有任何不健康的描述，也没有破旧到随时会散架。只是内容有些……十分古怪。这是最主要的原因。

旧时人们将其称为侦探小说，后来又改称为推理小说、悬疑小说、神秘小说等，说法五花八门。有些明明基调很新颖，内容却十分古朴，有些则完全相反。

当中往往隐藏着不便被人窥见的怪异感与神秘的愉悦感。那种感觉就像是开了一家用电石灯照明——我小时候改成了灯泡——的夜店。如今图书馆也设有儿童"推理"阅读区，孩子们蹲在那里，忘我地沉浸在书本里的世界中。

但有些人并不喜欢这种题材的作品，甚至会打心底感到排斥。在那个侦探小说被视为低级读物的时代，会受到排斥和抵制也是在所难免。同理，如果夜店过于干净和规整，且只在白天营业，那未免也太过无趣了吧。

一九四五年至一九五五年期间，日本诞生了许多质量极高的侦探小说，作者将重点放在解谜和诡计的趣味性上，这在战前十分少见。同时，一些煽情、淫秽、内容古怪的作品也大量涌现。

从战前到战后的某个时期，市面上出现了大量以小说为主的流行杂志，其作用类似于后来的电视。人们习惯将这类杂志放在客厅。我曾经也收集过几本这样的杂志，即使小说正在连载，他们也会把衔接位置处理得自然易懂。除了阅读页，当中还穿插了大量电影介绍、猜谜等内容。

除此之外，还有许多二流、三流甚至是四流及以下的杂志，当中刊载了相当多的作品。如今很少有人前往车站报刊亭购买周刊杂志，大家基本都是去那里选购或厚或薄或是口袋大小的小说，真是令人羡慕——不过，这些姑且不谈。

作为侦探小说的爱好者，今天的收获令我颇为满意。那是一本地道的"侦探小说"，内容古朴、猎奇，最重要的是，字里行间萦绕着怪异的气息。

话虽如此，但这本书的外观与普通单行本无异。尺寸比A6稍大，大概是A5的样子。看起来相当厚，但并没有想象中那么重。

这本书的做工比一般的书还要粗糙，多半是手工制作的。书脊上的书名十分工整，但似乎是手写上去的，书名就叫——《迫近的黑影》。

说实话，这几个字很难勾起我阅读的欲望。就像国内悄悄引进并上映的那些冷门怪诞电影一般，没有任何特色可言。而且，从经验上来说，这类怪诞题材的作品几乎很难出名。手工制作的书更是如此。

可即便如此，我还是买下了它。因为作者的名字给我一种既熟悉又陌生的感觉，而且书本身散发着一种莫名的吸引力。毕竟我可是从初高中那会儿便开始光顾旧书店了。

我缓缓打开封面，粗略地翻了几页。这本书外观极其普通，我以为内容也会十分平淡,但出乎意料的是,扉页上竟有一张极具年代感的俊男美女插画,周围紧密地排列着两段细小的文字。

我继续往下翻,纸张颜色时而变换,段落数量忽多忽少,内文字体也各不相同。书中每隔几页便会配上一张插画,甚至还插入了一些转场漫画和广告,光是这些就已经极具历史价值。

此外,每幅作品都会附上标题和作者姓名,作品间的页码也是杂乱无章,起不到任何参考作用。

作为单行本,这本书的内容实在过于散乱。原因一目了然,这是一部拼凑而成的作品。制作人将某个作者在不同杂志上发表的作品剪下,装订成了现有的书。

从书上标注的笔名来看,应该是战后出版的刊物。从杂志的风格来推测,出版时间应该在一九五〇年至一九六四年之间。

兴许是出于某位爱好者之手吧,这世上恐怕也只有这一本了。在尊敬的A老师的影响下,我自认为对战前战后那些被世人遗忘的侦探小说家和作品颇有了解,可对于这本《迫近的黑影》及其作者,我几乎是一无所知。

即便不是主流作家,只要他当时向专业杂志社投过稿,或是出过一两本书,多少会在我的记忆中留下痕迹吧。也就是说,他从未出过书,也从未向专业杂志社投过稿。

这位无人知晓的作家所著的作品早已被人遗忘,仅剩这一本作品集留存于世。若是换作普通作品,我或许会认为它毫无价值,可它是一部侦探小说，当中特有的神秘感很快便激起了我的兴趣。

该说是煽情、猎奇、无厘头，还是恶趣味呢？整本书飘散着难以言喻的诡异气氛，以及我最爱的怪异幻想谭的气息。所以，价格再高，我也必须要买下。

不得不说，每个故事的标题都十分精彩。例如《妖虫馆杀人事件》《魔笛庄杀人事件》《血妖阁杀人事件》——字面充满了侦探小说的味道！说不定我能从中收获一些前所未有的诡计，以及出人意料的结局。

另外还有《蛇屋的恐怖》《怪魔横丁》《青铜屋敷的恶灵》等，这部分的风格有些难以形容，连平时用1、2、3来代替的副标题处，都极其讲究地配上了《罗马喷泉之谜》《兽欲之巷》《幽鬼已死》等极具年代感的字眼，不过好在这种虚张声势的写作手法起到了正面效果。

不知不觉间，我来到了时常光顾的那家茶餐厅。我在一个角落处坐下，随意点了杯咖啡，怀着兴奋的心情翻开了《迫近的黑影》。

2

一个小时后，我将手工书放到桌上，轻吁了口气。我仰头将杯底早已凉透的咖啡一口喝干，接着再次陷入沉思。

某位作家曾说，"世上没有被埋没的杰作"，但我不敢苟同。受社会和时代的影响，有些优秀的人才和出色的作品注定会被埋没，这是常有的事。

比如，在推崇现代主义的时代，我本以为小说这种枯燥无味的东西，只有大人才会觉得有趣。直到我遇到A老师，在他们的影响下，我对战前战后的作品变得无比痴迷，有时甚至会因为挖掘到几个从未听过的作家的作品而一阵狂喜。

方才那位作家的言论，不过是行走在阳光下那群人的傲慢偏见，我无法忍受他们用这种方式轻易否定一些作者的努力——说白了，我是在担心自己有一天也会默默地从这个行业消失，并为此感到不安吧。

且不论这件事的好坏，我对那些被埋没的作家和作品感到同情，希望有一天自己能有幸从中挖掘出伟大的杰作。

出于这些原因，我对今天这本书抱有颇高的期待，但结果却令我大失所望。

诡计全是些陈词滥调，毫无新意可言。密室诡计结果是因为使用了秘密复制的钥匙；被杀害的妻子突然复活，是因为她有一个双胞胎姐妹；完美无缺的不在场证明，真相竟然是双胞胎合伙作案……诸如此类。作者似乎认为肢解人体是件轻而易举的事情，凶手不消几分钟便砍下了受害者的头颅并带走。

但是……这些就当是一种幽默吧。受时代的限制，有些壁垒注定难以跨越。

让我感到失望和不快的是作者的思维方式，他对残疾人和身患重病的人没有丝毫同情心，只是一味地将他们描绘成怪异、邪恶的存在。

无辜女子不幸被强盗侵犯，作者不仅没有同情，反而认为她日后遭人指点，名声一落千丈是件理所当然的事情。而她不幸怀孕生出的孩子也会理所当然地被贴上"携带犯罪基因的杀人狂魔"的标签。

但这也是时代限制导致的结果吧。我们会觉得二三十年前的小说陈腐无趣，倒不是因为无法理解当时的文笔与风俗习惯，更多是思维差异使然吧。比如在年轻人看来，那些在"企业战士[1]"理论占主导地位的时代出版的作品，比一些更久远的时代写的低劣作品要更显得怪异——尤其是当中对女性和少数派的偏见。

从这点来看，《迫近的黑影》的作者的思想姑且称得上前卫。可能因为这本书收录的作品里，登场次较多的是一名活泼开朗的年轻女侦探吧。

她名叫满天星子。这名字十分特别，文中介绍说她原来是一名歌剧明星，"满天星子"是沿用的早期艺名，如此想来，倒也合乎情理。

作者的命名品位早已暗示了一切。星子侦探如同其名字一般，积极活跃地不断致力于解决各种怪异事件与疑难杂案。

1　企业战士是日本昭和年代的热词，指那些不顾一切为公司卖命的人。——译者注

但因为那些犯人是臭名昭著的变态色魔——按照当时的说法——星子侦探也曾被扒光衣服，为了查案屡次身陷险境。若是换成现代的轻小说，或许她能找到新的定位吧。

这些姑且不提，看完这部作品，我不禁喃喃自语：

"世上没有被埋没的杰作，被埋没都是有原因的。"

后来没过多久，我意外地打听到了有关该作者的消息。

某次与人称"教授"的S氏（博学多才的知名评论家）交谈时，我无意间想起这本书，于是问他是否认识这位作者。

S氏摇了摇头说：

"不知道……没听说过。"

既然他都不知道，那肯定也问不出什么吧。就在我打算放弃的时候，S氏又问："是一部怎样的作品呢？"

我回答说，是一部创作于战后初期的作品，作为侦探小说，内容算不上出彩，最大的特点是里面有一位名叫满天星子的女侦探……

听到这里，S氏意外地接过话题。

"满天星子？那我读过，而且不算特别久远的事情。"

"欸？能说说是怎么回事吗？"

我惊讶地大声问道。经过询问才得知，原来事情经过是这样的——

S氏先前在一个长篇推理小说的公开评选赛中担任资格审查委

员，需要负责初步阅览大量应征原稿。其间，他看到一部风格迥异的作品。

这部作品无论从写作风格、故事情节还是措辞细节来看，都像是几十年前的产物。突然从堆积如山的原稿中看到一篇如此特立独行的作品，S氏下意识地端正了坐姿。倒不是因为作品有多优秀，相反，是因为内容太过怪异和拙劣。

"里面出现了一个名叫满天星子的侦探，而且前后出场了两次——难怪，原来是很久以前的侦探啊。看来系列故事的人物也很重要啊。"

"然、然后呢？"我以略显兴奋的语气追问道，"那份原稿的投稿标题是什么？你还记得吗？"

原本我没有抱太大期待，谁知S氏思考了一会儿，回答道：

"嗯，其中一个是《毒艳魔杀人事件》，另一个好像是《杀人狂一家现身》。两篇都是手写稿。"

应该没错，从这难以言喻的命名品位来看，应该是出自《迫近的黑影》的作者之手。

作品内容也十分怪异，讲述了"毒艳魔"——一个身患重病的女人，通过性交将病传染给他人的故事，字里行间充满了偏见与歧视。种种迹象表明，作者只可能是那个人。

"这是什么时候的事情呢？"

"大约二十年前，也可能更早一点。"

"也就是说，至少当时作者还在坚持写作……那份原稿还在吗？"

"没有了。"S氏当即摇摇头，"因为原稿太占空间，不便保存，筛选完后就立即处理掉了。现在应该都没有了。"

我倒也不是特别想看，只是莫名地感到好奇。战后，各类杂志如雨后春笋，不，应该说像毒蘑菇般相继涌现，随后又在短短几年内销声匿迹。昭和三十年前后掀起的推理小说热潮反倒扼杀了此前活跃的作者。《追近的黑影》的作者便是其中之一，但因为按捺不住想要创作、发布作品的欲望，他只好选择应征投稿。

但当时长篇推理小说的公开评奖活动较少，他即便写出了像样的怪异幻想作品，从当时的评选趋势来看，也不会被选中。如果是在后来的恐怖热潮时期……应该同样不可能获奖。

我的内心大为触动，仿佛从中看到了自己的影子。于是，我决定继续深入了解这位作者的相关事迹。

经过调查得知，这位作者因为一次写作风波遭到外界的严厉批判，不仅断送了写作前程，还被迫丢了工作……

"那完全是诬陷。"

那是我某次在大阪参加年轻资深讲师N氏主办的"侦探讲谈会"时，H氏对我说过的话。N氏是我在大阪结交的好友，而H氏是某校的教师，业余专注研究作品投诉和出版规约。

H氏并非侦探小说狂热者，只是因为在研究某个专业领域的时候，调查过这位作者。我也是某次在网上发帖求助时，碰巧跟他聊了起来。

"被投诉的小说是一部根据作者自身看到的社会问题创作而成的纪实类作品。为了吸引读者眼球，当时编辑部理所当然地修改了作品的标题和内容。虽然作者提出了抗议，但不幸的是，他当时是地方公务员，作品中记录的职场乱象被人以调侃的形式搬到了三流色情杂志上——大致就是这样。"

"那他后来……"

"后来他辞去了工作，搬离了住处。他那个单位薪水好像不高，但工作环境适合业余写小说。"

"这样啊……"

早知道当时应该把《迫近的黑影》这部珍贵的作品交给他，但我没料到会遇到H氏，去大阪参加N氏的讲谈会时，我没把那本书带在身边。

后来，H氏答应帮我寻找相关资料，并带我前去请教与S氏并称为推理小说界活地狱，不对，是活字典的Y氏。

Y氏是顶级侦探小说收藏家，尤其是杂志领域，据说他几乎收藏了战后所有与侦探小说相关的杂志，并把所有作品都读了个遍——能够收集并读完的人十分稀少。他或许能给出我想要的答案，而结果也确实令人满意。

不……应该说结果十分糟糕。总之，我从性情耿直的Y氏那里得到了一份极其宝贵的资料——

3

我从信封里抽出了一份手写文稿复印件。

说是手写，但其实是用油印机印刷而成的，文字上留有铁笔特有的痕迹，有些墨迹早已变得模糊，有些甚至已经晕开。总之，这就是一份名副其实的粗印版原稿。

据Y氏介绍，这是东北地区一些侦探小说爱好者们收藏的同人志，他果真什么都有。而且这部同人志不止一册，不知是因为资金紧张还是为了节省工序（也可能都不是），文稿被拆成了多个部分，分别寄到了会员手中。

但吸引我注意力的并非文稿的稀有性，而是当中的内容。因为这是一篇有关《迫近的黑影》作者的专题介绍，全篇长达五页。

这篇专题的目的在于彻底剖析一个作家，而我拿到的正是当中的第一节，也就是前文。可能知名专业作家太过难请，所以才选择了他吧。这也间接表明，他在同人圈并不受欢迎。

接下来是所有作品的目录，总共近七十篇。主要都是满天星子系列，可能还掺杂了一些其他作品。

刊载杂志的种类一目了然，当中只有少数几家二流专业侦探小说杂志，没有一家能达到俱乐部杂志级别，基本都是些不入流的冷门杂志，上面写满了与性相关的标题，相当于如今SM杂志里的"性科普"杂志。

原来如此，难怪我们这些推理小说爱好者都没有接触过这些作品。不过，罗列的作品标题全都充斥着一股煽情、低俗的气息。当中有许多《迫近的黑影》中所没有的作品，如今想找到恐怕是不太可能了。

一股莫名的伤感袭上心头，但后续的文章和采访内容更是令我五味杂陈。考虑到当时的交通条件，加上双方都有工作，要见面并非易事，但标题写着"登门采访"，应该不是噱头，采访内容也确实透着信件交流所没有的生动感。

通过采访内容，我在脑海中拼凑出了这位作家的模样——

某次投稿意外被采纳后，他迷上了写小说，没过多久便开始为上面提到的杂志社创作文稿。但即便是当中稍好的B级侦探小说杂志，合作体验也称不上好。他的原稿时常被对半删减，最后只剩电影简介的篇幅。为了吸引读者，他甚至被杂志社包装成"蒙面作家"。

但也多亏了这些经历，他终于被侦探小说迷发现——这些人只在乎内容是不是侦探小说，并不在意作品的刊载平台——所以才有了这篇专题采访。

这位作家似乎对此感到很荣幸，十分愉快地配合回答了各种问题。比如女侦探满天星子是以哪位友人为原型刻画而成，女主角的理想女演员是谁，等等，另外还分享了一些创作插曲，比如女侦探的设定原本是有男友，但后来在读者的要求下改成了单身。

得知详细作品目录是他本人提供的之后，一股悲伤的情绪逐渐袭上心头。虽然我现在也时常被各大杂志社无视，有时即便要出推理特辑，也不会优先考虑我的作品。但过去遭遇的种种重创，远比这些要残酷得多。

这位作家还曾收到来自大学推理社团的书面采访请求（说白了就是一份问卷调查），他抱着极大的热情写了几页答案，还提供了各种资料及未收录的单行本——应该说未达到收录标准的杂文。

并且他还表示，打算把其中的三部长篇轻侦探小说（从页数上来看只能算中篇）投给当时唯一的专业侦探杂志。

被问到有多大把握时，他自嘲似的回答"终归是玉碎的悲剧，可能性完全为零"，但这也侧面表明，他不甘愿只当个怪异的肉体派侦探作家，不想一辈子被埋没在不入流的低俗泡沫文化里。但我们都知道，他的愿望并没有实现。

这篇围绕某个无名作家撰写的专题文章到这里突然中断。前面也提到过，这本同人志被分成多个部分出版，据说后续至今未出。我像是被人突然推到了悬崖边，内心充满了不安。

很快，我意识到了一件更可怕的事情。那次断送他作家前程、令他名声一落千丈的写作事故就发生在这篇专题文章发布后不久。也就是说，这篇自虐却又充满乐趣的座谈记录与剖析文章刚发布便发生了那种事情！

我惊恐地将资料折叠好，放到原来的信封里。姑且把这篇文稿当成研究资料送给H氏吧。对了，那本书也一并送给他吧。

如今终于真相大白，那本书应该是作者自己把手中的作品剪切整理而成的。即便是惨痛而失败的过往，即便是不愿被人提及的存在，他还是舍不得丢弃。

我十分理解这种心情，但我不想把如此沉重的东西留在身边，我想尽快把它送走。

但后来我又意识到一件奇怪的事情，《迫近的黑影》这一书名究竟想表达什么？书中并没有契合该主题的作品，同人志的作品目录中也未找到类似的标题，这到底是怎么回事……

"托大家的福，投稿数量十分可观……预选委员马上会给出评估结果，总体感觉似乎不错。"

此时我正位于I桥的一家出版社内。这是我有生以来第一次担任这家出版社主办的新人奖评审委员。工作期间，我跟责编F先生闲聊了起来。

"那真的很期待呢。"我说，"听说最近有很多原稿被恶意挪用，有这种事情吗？"

"这个嘛……毕竟是违背道德的事情，而且涉及作者的意愿，不太好评价。"

F先生含糊其词地答道。

"嗯。"我象征性地附和一声后，继续说道，"对了，之前拜托你的那件事怎么样了？要是遇到怪异、死板但具备'侦探小说之魂'的作品，就算没被选中，也希望能给我看看。"

"嗯，这事我记着呢，也吩咐了编辑部的初筛人员多留个心眼……但目前还没有遇到这种作品。应征原稿题材基本都大同小异。"

"我也常听人这么说。"我接过话题，"漫画、轻小说也时常能收到题材相似的作品，而且内容都毫无新意可言。这是为什么呢……算了，不聊这些了，看来不太可能遇到。"

如今，推理成了许多作者出人头地的制胜法宝，但意外的是，市面几乎很难看到那种诡计丰富、逻辑缜密、充满反转和惊喜的作品。早年的情况不得而知，至少现在有足够多的推理写手，而读者也渴望看到优秀的作品。

可结果却不尽人意，可能因为有些作品不符合初筛人员的喜好，或者因为措辞生硬，最终没能被选中。若是按照这个标准，某些文学巨匠或是某些大作家怕是也很难被世人看到吧。

出于以上想法，所以我拜托责编，如果在初筛途中遇到文笔很差但思路不错的作品，即便进不了终选，也希望能给我看看。

但结果表明，是我想得太天真了，而且这样对筛选人员也很是失礼的。说白了，他们也是爱莫能助，本就不存在的东西，又如何能找到。

"啊，对了。"F先生似乎看出了我的失望，连忙补充道，"虽然没有你说的那种被埋没的杰作或者被隐藏的才能之类的，但有个作品我们想给你看看。"

"什么作品？"

"就是这个。最近在编辑部和预选委员之间引起了热议……"

F先生神秘兮兮地拿出了一叠平平无奇的打印文稿。但仔细一看，那并非电脑打印的材料，而更像是用文字处理机印刷出来的，比手写文稿还要稀有。

F先生将文稿递过来，继续说道：

"社里时常能收到一些年轻写手的投稿，别说出小说了，连文章都读不通顺。早年也经常收到一些文笔不错，但一直在强调战争经历，跟推理完全不搭边的老年写手的投稿。如果抛开这两种问题不谈，这篇文稿绝对称得上与众不同。"

"是吗？"

我接过文稿，好奇地翻看起来。F先生站在我身后说道：

"怎么说呢……用一句话概括就是'非常过分'。内容十分怪异，根本没有半点人权意识，单凭这点就不可能被选中。"

"……"

"文中描写的杀人场景十分血腥，而且还有猥亵情节。我对怪诞作品的接受程度算高的……可我依然觉得里面的诡计大胆而陈腐，而且绝对不可能完成。警察被描写得太过无能，侦探的推理也过于牵强。而且侦探的名字——"见我彻底沉浸在原稿的故事里，F先生继续说道，"竟然叫什么满天星子。"

F先生的语气中夹杂着一丝嘲讽。与此同时，我也注意到了原稿中的那几个字。

满天……星子？怎么会这么巧？

我慌忙确认了一下作品的署名，是一个完全没听过的名字，跟《迫近的黑影》的作者署名截然不同。

但从我方才翻阅的那几页文稿的内容来看，二者构筑的明显是同一个世界。所有信息都表明，这份文稿与我在旧书店入手的那部作品出自同一人之手。

"怎么了？"

身后的F先生担忧地问道。

这到底是怎么回事？那个自嘲是三流作家，对写作充满野心，但最后不幸断送前程的男人身上究竟发生了什么？

我试图向F先生打听投稿人的情况，但因为涉及个人隐私，他不便告知。后来，我联系了研究者H氏，了解到了大量有关该作者的信息，但遗憾的是，我依旧不知道他最后的去向。

后来，住在大阪的H氏发现Y氏的那份资料（我转交给H氏的）十分有用，又继续收集起了这个作家的作品。

由于当时该作者唯一的单行本被收藏在国会图书馆，我连忙申请将其寄到关西馆。经过漫长的等待，我来到位置偏僻但颇为有名的关西馆，结果却收到一份"书籍破损严重，无法借给其他图书馆"的通知，即便如此，我还是想方设法读完了这本书。

历尽千辛万苦，最终得出的结论却是：虽然他是因为某个莫须有的罪名被迫中止写作，但他的作品确实没有一篇能拿得上台面。着实令人叹息。

H氏表示从没听说过《追近的黑影》这本书，如此一来，我也就束手无策了。

最后还剩一条线索，根据H氏提供的调查结果，这位作家因工作缘故与家人分开，曾在某个地方短暂居住过一段时间，我决定去那里看看——

4

这是一条破旧的小巷，这里的一切仿佛停止在了昭和四十年左右。

不，要是真停止了倒还好说，这里的房屋早已废弃，铁皮屋顶布满了深红色的铁锈，围墙裂开倾斜。墙壁也破旧不堪，有些早已倒塌。房屋的玻璃或是碎裂，或是剥落，或是布满灰尘。透过玻璃可以隐约窥见房屋内部的光景，里面脏到令人害怕。千万别冒出个人来啊——我甚至开始下意识地祈祷。

《追近的黑影》的作者——那些无法用言语形容，恐怕连唯一的研究者都认为内容毫无价值的作品的创作者，真的曾经住在这种地方吗？

即便时光倒回到那个年代，这里的房屋也算是相当简陋吧。那位作者就是住在这里的某间屋子里，每天写着一些不一定有机会出版的原稿吗？

若是如此，那他为何要如此执着？若是能闻名四方的佳作倒还好说，可像这种毫无价值可言的拙劣作品，有必要为此赌上自己的人生吗？

不……我摇了摇头。其实我自己也是如此，又怎好意思嘲笑他呢。想到这里，我突然后悔起来。

我为什么要大费周章地跑来这种地方？

还是回去吧……我嘀咕了一声，慢慢转过身。小巷十分昏暗，四周飘散着刺鼻的臭味，我先缓缓往前走了几步，接着小跑了起来。但就在我快要跑出巷子的时候。

突然，我用余光扫到一个无比可怕的物体，吓得我差点停下脚步。一个宛若柏油般漆黑的物体从路边的电线杆后探出头来——当然，肯定是我眼花了，或者是我的错觉。一定是这样。

我顿时感到毛骨悚然，连忙加快脚步，飞也似的向前冲去。我不顾一切地闷头猛跑，等回到充满现代气息的街道时，才安心似的长吁了口气，借此安抚我剧烈跳动的心脏。

我突然在想，也许世间仍然存在像他那样的写手，以及像他那样拙劣的作品。就像一滴污水掉入了酒桶，在不知不觉间扩散开来。

不，与其说是人与作品，倒不如说是明知只能写出无可奈何的拙劣作品，明知自己缺乏这方面的才华，却依然不惜赌上人生的执着。

如此想来，应征原稿的谜团也就解开了。S氏读的应该就是这位作者的作品，而我读的可能完全出自他人之手。不过是世间多了一个痴迷于创作这类作品的倒霉蛋而已。

但是，为何都用到了满天星子这个名字，想来实在有些可疑，是碰巧从哪里看到了这个名字吗？姑且当成是一个品位相同的作者突发奇想策划的一场恶作剧吧。

我？我可不会干这种事。毕竟我的作品口碑稍稍好过于他，刊载平台也更拿得出手。虽然我确实喜欢一些稀奇古怪的东西，但我绝不会给一个频繁出场的女侦探起那种名字。

"没错，我跟他不一样，绝对不一样……"

我反复念叨着这句话，仿佛不重复的话，现实就会往反方向发展一般。

后来没再发生什么特别的事情。先前得出的结论勉强可以接受，我也就没必要再为此烦心了。

非要说发生了什么的话，也只是最近收到几封带有文本附件的陌生邮件，我无意中点开了文件，发现里面净是一些乱码，着实吓了我一跳。这里面应该有几万字吧，单从字数来看，应该相当于中篇水平了。

看样子也不像是有病毒，对方这么做究竟有何用意？答案无从知晓。当然，文件内容也完全没办法看懂。

但是，仔细观察会发现，里面有些字还是勉强能辨认的，文件里零星分布着"星星""天空"之类的字眼，应该是天文学或者太空科幻类作品吧。

今天依旧是平淡的一天。深夜，我坐到电脑前，随手删除隔三岔五收到的陌生邮件后，便迫不及待地敲起了键盘。

先前搁置的作品突然写起来飞快，那些困扰我的难题像是从来没有存在过一般。原来写文章可以如此顺畅，灵感可以如此轻易地浮现，这种感觉十分新奇。

突然，背后光线似乎变暗了一些。像是有东西——或者有人挡住了灯光。与此同时，我感受到了一股异样的气息，似乎有什么东西从我身后缓缓靠近。

没错，这种感觉该怎么说呢……就像有一个黑影在朝我这边挪动。而我却像着了魔似的，不停地敲着键盘。我不敢扭头确认，也不敢挣扎反抗。就在这时——

"这里最好描述得怪异一点吧？"

耳边冷不丁地传来说话声。不，那也许是我大脑里的声音。

"嗯，这里要描写得更诱惑、更露骨、更低俗一点……没错没错，就是这样！"

那声音在我的脑中不住回荡,在它的指引下,我继续敲着键盘,闷头创作。

*

"这次的作品……不管是风格还是题材,都跟之前截然不同呢。"

K社编辑部的X先生与我合作多年,看完我的新作,他显得十分惊讶。此时的我刚逛完旧书店,正位于时常光顾的那家茶餐厅内。

"是……是吗?"

听完我的回答,X先生罕见地皱起了眉头。

"完全不一样。至少我认为,这种看待事物的方式和措辞风格,在你之前的作品里从未出现过。"

真是一针见血。以往他总会毫无保留地对我的作品作出评价,但不知为何,今天他的语气里掺杂着一丝责备。甚至夹杂着一丝从未有过的负面情绪。

"是吗——哎呀,可能是吧。"

气氛突然变得沉重,我有些不知所措。X先生不耐烦地看着原稿,接着说道:

"我想要的可不是这种水平的作品啊……而且,满天星子这个名字是什么情况?"

"这个,怎么说呢?"

我不知该如何解释，只好闭口不言。但X先生并没有就此罢休。

"总之，"X先生说，"这份稿件我先收下了，但如果你以后还打算继续这种风格……那我可能要重新考虑一下了。"

说完，他头也不回地离开了茶餐厅，留我一人独自坐在店里。我下意识地瞟了一眼旁边椅子上的背包，注意到了最近一直随身携带的那本《追近的黑影》，并将它拿了出来。说起来，这本书买了这么久，我还是第一次在这家店里翻阅它。

如今，我能带着深刻的同理心去阅读书中的每一个作品。更重要的是，我能感受到这位未曾谋面的作者的心情，以及他怀着满腔热血坚持写作，最终得到回报时的感受。

突然感觉这本书的标题出乎意料的合适。为什么我之前迟迟无法理解呢——不管是《追近的黑影》的意思，还是它能带来的价值。

这里是X侦探局〈怪人幽鬼博士之卷

1

——又买了一本书。

我又在时常光顾的那家旧书店里买了一本书,并像往常那样轻声嘀咕了一句。虽然嘀咕的内容每次都一样,但心情有时欣喜有时沮丧。

沮丧的时候,我会有种莫名的徒劳感,像是做了一件无法挽回的错事。明明好不容易挑到一本书,为什么会有这种感觉呢?

是因为我感觉自己与旧书一起被囚禁在永久静止的过去的世界里,还是因为我意识到自己在为一些毫无价值的东西浪费精力?

心情愉悦的时候,无需太多言语,一句"哈哈,又买了本怪书"便足以形容我当下的心境。

看来,今天属于后者。

但不管是愉快还是沮丧,最终都只是用钞票换了更多的旧书而已。今天买到的书格外大,尺寸是平时的几倍,但不会太重。

今天我买的是早期少年漫画杂志的旧刊。看到书脊上熟悉的内容,我一冲动全都买了下来。事到如今,也只能笑着感慨一句:

"哈哈,《月刊少年宝石》,又买了几本怪书!"

相比我早年常看的漫画周刊杂志，这种要稍微小众一些——月刊杂志大多如此，但对小孩来说十分划算。

毕竟小孩大多只有在特别的时候，比如大人心血来潮，答应买一本与平时不同的杂志作为奖励时，才有机会读到。

明明也不是特别冷门，后来却很少被人提起，作品也没有再加印过。可能因为杂志社太拘泥于少年向娱乐杂志的定位，对后来的年轻人缺乏吸引力吧。

最重要的是，这还是我第一次在旧书店看到这个杂志品牌的实体书。

在我小时候，杂志看完一般不会马上扔掉，而是会堆放在家里，等想起来的时候，再拿出来回味一遍。但如果堆积太多，就会想办法处理掉。

可能每个家庭都是如此吧，除非十分有收藏价值，否则这类漫画杂志迟早会从这个世界彻底消失。不管曾经是否有名，最终都会消失不见。

正因如此，当我在旧书店看到这几本早已褪色变形的杂志时，我的内心十分惊讶。那种感觉比挖掘到一些古早的名作还要强烈。我甚至有点后悔没有保存好那些杂志。

我带着如获珍宝般的心情将杂志拿到手里，下意识地确认起上面的标题。在拿到这本杂志的瞬间，它便给我留下了深刻的印象。

旧书店里的漫画杂志通常会用塑料膜或玻璃纸包裹起来，我无法翻阅正文的内容，顶多只能确认封面的文字。可难得店主把这些杂志全都整理了出来，只买一两本实在说不过去，跨越漫长时光构筑的"羁绊"也会因此断裂吧。

但这家店的服务十分周到，书与包装之间夹了一份目录复印件。我看了看目录内容。

找到了……我下意识地嘀咕了一声。这六本《月刊少年宝石》的目录里，每一个标题都深得我心，像是几十年来一直在等待我出现一般。

看来只能买下了。我暗自说服自己后，瞟了一眼钱包里的家当，做了个深呼吸，朝收银台走去。

几分钟后，我走出旧书店，兴冲冲地往最近的车站走去。

不得不承认，此时的我天真得像个孩子。

刚走出书店，我便迫不及待地从纸袋里拿出一本杂志，撕开塑封包装，翻阅起来。

我翻动飘散着独特香味、稍稍一用力可能就要散架的书页，花了一会儿工夫才找到目标页面。我随意地抱着装有剩余杂志的纸袋，聚精会神地看起了那页的内容。

很早以前，我在《月刊少年宝石》里看过一个漫画，当时很想知道后续，只可惜后来再也没读过。作品标题在当时十分新颖，文字间透着一丝的复古的气息，故事名叫——

连载　这里是X侦探局/怪人幽鬼博士之卷

正当我看着里面的文字时，突然有什么东西从我的余光中闪过。好像是一个外形瘦小、动作敏捷、浑身柔软的人影。

嗯？

我惊愕地回过头，但映入眼帘的除了熟悉的旧书店，以及沉闷死板的街景外，一个行人也没有……

2

◆怪物大笑着出现在城市中央！它究竟是？来看看发生了什么！

在单行本剧情的结尾处，伴随着广告的夸张文案，新的故事篇章赫然更新在了杂志页面上（本身就是连载作品，这倒也正常）。

那个年代的漫画没有前卫的标题，也没有浮夸的版面，剧情十分紧凑。

故事发生在都市的一角。鳞次栉比的摩登大楼中间孤零零地伫立着一座酷似鬼屋的西式洋房。突然，有人在其中一个房间内惊恐地大喊："有有有鬼啊！"

那是一位身形瘦小的老人。他长着一头银发，留着白色胡须，戴着眼镜，身穿黑色西服，搭配一个领结。

他叫泡手，原先是这里的管家，负责单独看管这处洋房——当然，书上并没有这么描述，毕竟这些词对当时的小孩来说有些晦涩难懂，不过，从画面上不难猜出他的身份。

此时的泡手脸上写满了惊愕和恐惧，因为巨大的法式窗被撬开，挂着厚重窗帘的墙边，隐约出现一个身长五米的人影。

说是人影，但其实谁也不确定那究竟是何物。有时窥不清他的五官，有时却又能看到他怒睁的眼睛和张着的嘴。他用一个仿佛来自地底的声音说道："我是理学博士结城鬼一郎……不，那是过去的事情了。现在我是从地狱复活的幽鬼博士……"

"你、你是结城博士……这、这怎么可能，这绝对不可能！"

泡手老人颤颤巍巍地后退了几步。神秘的人影继续说道："对我幽鬼博士来说，没有什么是不可能的。我是来为生前的自己复仇的。"

"欸？复仇是什么意思？"

"这栋洋房的主人，那个可恨的牧村，是他背叛我，夺走我苦心研究的成果，并残忍地将我杀害。我绝对饶不了他。我要找牧村和其他恶人复仇，我要夺走他们的性命和钱财，哈哈哈哈……"

"这、这怎么可能。已故的老爷不可能会做出那种事来。在我的印象中，他也从来没跟谁结过仇……"

忠诚的泡手打算誓死反抗。那个自称幽鬼博士的神秘怪物用足以震动整栋洋房的声音吼道：

"闭嘴！休想狡辩！我可是存在于四次元世界的幽鬼博士，那里是生与死的交界处,你们都逃不出我的手掌心。"

"啊!"

泡手尖叫着瘫坐在地。

这时,"咔嚓"一声,法式窗户被突然飞来的石块砸碎。那石头明明没有击中幽鬼博士,窗外的巨大黑影却像迷雾一般,顿时烟消云散。

"这、这到底是……"

泡手如梦初醒般地喃喃自语。接着,他惊恐地看向悄然站在身后的人,用几近癫狂的声音喊道:

"你、你是?"

也难怪他会如此激动,因为他身后站着一个头戴类似狩猎帽的东西(那时候说鸭舌帽应该没人看得懂吧),身穿男士中裤,胸前系着一条红色围巾(漫画正文是黑白色,我也是从彩色插图中确认到的颜色)的男子。

没错,他就是X侦探局引以为豪的少年侦探。他凭借与生俱来的出色推理能力,一眼便看穿那个怪物其实是没有实体的幻象,是有人故意在供暖用的蒸汽管道上开了个孔,让水蒸气喷涌到窗边,利用光影效果制造出了这种假象。所以窗户被打破后,影子也跟着烟消云散。这在当时绝对算得上是出色的本格诡计,而且还具备科学教育价值。

顺带一提,声音是从房内隐藏的扬声器里传来的,这一切都被少年的精彩推理逐一击破。

泡手大为震撼，盯着少年侦探，说出了自己单独留下来看守洋房的原因。这栋洋房是已故的宝石王——牧村氏留给女儿的唯一财产，泡手要负责看管这处财产，直至其女儿成年。

"可是，这跟刚刚的幽鬼博士有什么关系？"

"这、这个……"

在少年的追问下，泡手说出了一段惊人的往事。宝石王牧村是天才结城鬼一郎博士的朋友兼资助人。后来博士死于非命，宝石王也丢下独生女美智留，离开了人世。但离奇的是，宝石王的巨额财产不翼而飞，只剩下这栋洋房。女儿美智留早前在父亲的安排下被送去了远方的寄宿学校，为了处理遗产事宜，她打算久违地回家一趟。可这消息一出，房子里便怪事频发，今夜更是出现了一个自称幽鬼博士的人，还发表了一番莫名其妙的复仇宣言。

少年侦探用力点点头说："我明白了。"接着他坚定地承诺："我赌上X侦探局的名誉，一定会帮你找到真相，保护美智留大小姐不被幽鬼博士伤害。"

嗯，就是这个画风，故事风格也很熟悉——

一回到家，我便迫不及待地翻看起新买的杂志，嘴里喃喃自语。

我以前没读过《怪人幽鬼博士之卷》这个故事，但我记忆中的《这里是X侦探局》确实是这种感觉。唯独有一点让人觉得奇怪，或者说令我有些在意。为了明确答案，我需要继续往下读一小段。

画面一转，这里是位于都市一角的X侦探局。招牌写得一清二楚，绝对没错。一个身材魁梧、留着大胡子的壮汉说了声"哎呀，打扰了"，径直走了进来。他长吁了一口气，一屁股坐到了沙发上。少年侦探微笑着说：

"哟，大安警部。"

至于两人的关系，想必不用赘述。大安警部开口说：

"说到结城鬼一郎博士，他原本在研究四维电视，后来被企图将这项研究用于战争的外国间谍和他们手下的恶徒抓住，经过一番严刑拷打后，最终惨遭杀害。"

"为了复仇，博士化身为幽鬼博士，从那个世界复活。可这种事情有可能发生吗？如果真的可以，那他没必要动用那种诡计吧。"

"当然，我压根儿不信那种东西。结城博士肯定是用某种方法活了下来，然后企图杀死所有跟自己有关联的人。我可不允许这种事情发生。"

"那是自然。"

两人刚谈妥，突然某样东西飞进来，击碎了窗户。是一颗定时炸弹，上面还附有一封信，信上写着"小鬼侦探，劝你别多管闲事　幽鬼博士"。

当然，少年侦探很快处理了炸弹，并决心和怪人幽鬼博士抗衡到底。这时，桌上的电话响了。

"啊，没错，这里是X侦探局……啊，是泡手先生啊。哎？宝石王牧村的女儿美智留小姐回来了。好，明白了，我马上过去。"

事件突然迎来了转机，结尾处也开始用浮夸的文案刺激读者的好奇心——

◉ 恐怖的复仇终于拉开帷幕！少年侦探究竟能否抵挡住幽鬼博士的邪恶之手呢？敬启期待下一期的内容

页面底部写着下一期的发行日期，我已经迫不及待地想看接下来的内容了。

嗯，抛开陈旧和古朴的文风不谈，这依然算得上是一部优秀的作品。其实推理领域原先还存在一个鲜为人知的类别——"怪人对名侦探"，当时有很多作家写过这种类型的作品，但如今市面上也只剩下江户川乱步的二十面相系列。

《这里是X侦探局》也算是这种题材的漫画作品吧。只是那个时代很少把漫画改编成小说，这个故事也就彻底被人遗忘……

但当中有一个地方跟我记忆中的不太一样，我刚才提到的怪异感正是指这个。

我记得当中有一个被少年侦探称作"老师"的大人名侦探，故事的主角也一直是他。可在这次的故事中，那位"老师"自始至终都没有登场。

难道是我跟其他作品搞混了？或者说是什么东西让我产生了错觉？我决定去调查一番。好在网上什么都有，但这毕竟是一部冷门作品，相关话题数很少，但我还是从中找到了这样一条信息：

这个故事里面，少年侦探原本是X侦探局引以为豪的名侦探十文字龙作的助理。但连载一段时间后，十文字侦探不再出面，事务所全由少年侦探一人打理。

可能是受人气的影响吧。要说哪个更受少儿读者欢迎，答案不言而喻。在明智小五郎[1]带着徒弟小林芳雄[2]进军少儿推理领域前，市面的主流作品都是以少年侦探为主角。

要是换成现在，一定会被吐槽说"设定混乱"吧。但在以前的漫画作品里，这种情况并不稀奇，比如书名里提到的主人公逐渐沦为配角，题材从鬼怪故事变成科幻作品等，这些都是常有的事。

这部作品的名字叫"X侦探局"，即便换个主角也问题不大。不过"X"原本来源于十文字侦探的"十"，作者似乎早已忘了这个设定。不仅如此，他还给少年侦探起名叫江楠[3]，外号X侦探，让他成为了侦探局实质上的主人。

1　明智小五郎是日本推理小说家江户川乱步笔下的名侦探。——译者注
2　小林芳雄也是江户川乱步笔下的人物，在《吸血鬼》中以明智小五郎的徒弟身份第一次登场。——译者注
3　"江楠"与"X"的日语发音相同。——译者注

这也是旧时漫画的一大乐趣所在吧。总之，今天在旧书店买的基本《月刊少年宝石》令我十分满意。

唯一遗憾的是——《怪人幽鬼博士之卷》只更到一半。既然如此，那就只能想办法读完后续的故事。

3

"是啊，现在也有很多漫画杂志，接触到的机会也更多，但我只会挑一两本符合我口味的看看，整体阅读兴致不高，想来真是伤感。如今很多孩子也是如此。可能因为杂志类型很多，爱好也多样化，就算每天变着花样看，也有读不完的作品。

"过去可没有这么奢侈，我们小时候基本会把所有杂志看个遍。首先是那种连载的故事漫画——这么说听不懂？也是，现在都不这么叫了。我们以前都把搞笑漫画以外的杂志称作故事漫画。比如战斗、体育、校园漫画之类的。至于搞笑漫画，内容也中规中矩，大多有点像单口相声。所以，如果作品中出现一些特立独行、有不良导向的笑话，家长教师协会很快会察觉到，并对此大做文章。"

我像往常一样，坐在飘散着昭和时代气息的茶餐厅内，滔滔不绝地说道。不管是独自一人，还是身边有人的时候，我都从来没有说过这么多话。因为今日不同往常，此刻我对面正坐着一个留着黑长直发的少女。她身穿一套亮眼的高中制服，领口搭配红色缎带领结。

"还有……我也不知道该怎么形容这种感觉。"

我边端起咖啡杯边说道。一直盯着对方似乎有些奇怪，可没有眼神交流也不行，这着实是个难题。

"我们那时候的读本大多是活字印刷，以'真实故事'为卖点，里面百分之九十九都是一些真实发生过的离奇故事，还设有许多奇怪的栏目，比如世界一百个未解之谜等，也不知道是什么人写的。最令人难忘的是卷首的巨大图解，以及对二十一世纪的猜想——话说现在已经是二十一世纪了，不过不同于怪异的幻想类漫画，这种预测类漫画画风十分逼真，偶尔还会提到战争、污染之类的社会问题，从某种意义上来说，比现在的作品更有远见，而且更有野心。

"另外，有些读本还会连载小说，现在基本看不到了，小时候我可是在上面读过很多作品。那时候不太关注作者名字，不像现在，很多作品都是一些知名的科幻小说作家和推理小说作家执笔。许久之后，偶然看到实体书的时候，我还会惊讶地想，哎，原来是他们写的。但这些只是少数特例，漫画也一样，不管是多么优秀的作品，一旦在杂志上连载，基本很少会留存下来……"

"这样啊，我们一般都是读单行本呢……不过，能感觉到，你真的很喜欢那些读本呢。"

眼前的少女感慨地说道。我点点头。

"嗯……然后，读完这些漫画和小说后，我会无聊地翻看上面一些可疑的广告，比如无线电收发报入门、让头脑变聪明、透视眼镜之类的，不过这样还是没办法支撑到下一期发售，我每次都等得十分心焦。不过，小孩子一般都忙着上学和玩，我为什么那么痴迷读书呢？我的生活里又不是只有书。"

我顿了顿，发现咖啡快喝完了，连忙又续了一杯，顺便想帮她也点一杯，但她微笑着拒绝了我的好意。

"不用，我还有。"

她的脸上透着与少女外表极不相符的热情。

某个地区的名门高中最近在开展课外拓展活动，几天前，我接到了采访的相关委托。那所学校要求学生前往任意地点，调查研究自己感兴趣的事或人，并整理成报告。不知为何，我被选为了研究对象。

她的研究主题是"寻找成就我的故事——文学和艺术"。我对文学和艺术只是略懂皮毛，并没有特别深的造诣，但如果要聊漫画、电视剧、小说这类的话题，我可以说上几天几夜。最近工作刚告一段落，加上找书的事情一直没有眉目，这次刚好可以趁机转换一下心情。

说到找书的事情……后来，除了《怪人幽鬼博士之卷》外，我还试图找齐《这里是X侦探局》的其他篇章。我去网上的旧书店和拍卖网站看了看，结果发现有很多本。

可我并不清楚里面是否有我想要的故事。以前有些漫画在当期刊载后，接着又会在增刊的附录上连载，所以必须要小心。

我把大部分期刊都集齐了，但填补空缺着实是个大工程。我去了一家以收藏大量漫画书和杂志而闻名的私人图书馆，读到了我想要的篇章,但有两个问题依然没有找到答案。那就是作品最后一个故事《怪人幽鬼博士之卷》的结局,以及原来的主角十文字侦探消失的契机。

关于第一个问题,在《这里是X侦探局》快进入尾声的时候,《月刊少年宝石》正面临整改,或者说停刊的问题,这部作品也跟着受到影响。至于后来是否以某种方式恢复更新,还是一直处于烂尾状态,目前不得而知。

"怎么了嘛?"

被一个身穿校服的女孩近距离采访,尽管我已经这个年纪,但我依然会不自觉地感到紧张。

起初,朋友跟我提起这事的时候,我以为对方肯定是个男孩子。因为从名字很难辨别男女,而且我认为没有哪个女孩会对我这样一个胖大叔感兴趣。当然,我并没有把这些告诉她。

她带着纯真的表情疑惑地问道:

"听着好像很有趣呢,你这么沉迷书籍,你的父母不会责备你吗?"

"说起这个,他们好像也意识到了问题,后来慢慢地不再给我买杂志。长大成人后,我也是询问周围人的童年时代才得知,原来很多家庭不允许孩子看漫画和电视,或者每次都会规定时间,对此我感到很惊讶。在这方面我家里还是很宽容的,不会特别地约束我。"

"你小时候爱看的那些杂志现在还留着吗?"

"这个嘛。"我挠了挠头,"我倒也希望还留着。我父母家应该还有一些我小时候看过的书,不过我现在身在东京。对了,我最近买了几本这样的杂志。"

说着,我拿出了《月刊少年宝石》。考虑到采访主题跟书本有关,加上来之前对方事先提了一些问题和要求,所以我把最近入手的书带了过来。但我也不确定她是否会感兴趣。我小心翼翼地拿出书本,翻开用丙烯酸不透明水彩绘制的真实而又充满梦幻色彩的封面。

"哇,好美啊……"

出乎意料的是,女孩似乎很喜欢书中描绘的世界。我很是欣喜,接着刚才的话题,继续解说起来。

仔细观察会发现,那时候的漫画笔触没有现在这么细腻,分镜处理也十分粗糙,整个画面留白太多。但故事引人入胜,习惯之后,这些问题完全不会影响阅读。

相较之下,现在的漫画在创作过程中需要用到多个助理,为防止画风混乱,必须要剪切、粘贴大量的网点,所以大部分作品从中途看起会让人觉得不知所云。

年仅十几岁的她会怎么看呢?我有些担忧,但她似乎很中意这本书,翻页太慢时,她会露出急切的表情。

很快,我翻到了《这里是X侦探局》的最新篇章(话虽如此,但那也是几十年前的作品了),我连忙向她介绍起故事的梗概。

"里面有一个自称幽鬼博士的天才科学家,他可以利用自己研发的四维电视随意出现在任何地方,并想出各种恐怖的复仇手段。这个怪人的下一个目标是平日很少与人结仇的宝石王牧村。但这个人早已不在人世,恰巧,他那个在远方寄宿学校上学的独生女这时回到了家中……"

我没有再继续往下说。因为她正聚精会神地看着页面上的漫画内容。我循着她的视线看去,她正读到这部作品最高潮的部分——幽鬼博士开始将魔爪伸向牧村美智留。唯一可靠的少年侦探却意外被人下毒,因为没有特效药,他正静静地躺在医院。

为保护牧村宅邸和美智留大小姐,大安警部等人严加防守。但幽鬼博士还是突破警戒圈,出现在了洋房里。他肆无忌惮地大笑着,朝密室里的美智留徐徐靠近。警卫队试图阻止,但很快被博士释放的麻醉气体放倒,只有大安警部勉强保持清醒。

"可、可恶……那个该死的幽鬼博士!"

千钧一发之际,警部使出浑身力气冲向中庭,但却透过对面大楼的窗户看到了惊人的一幕——少年侦探正独自与可怕的幽鬼博士对峙。

"江楠!"

警部大喊着冲上前,但门锁得太牢,他怎么也打不开。过了一会儿,其余人赶了过来,几人合力撬开了房门,但眼前的一幕却令大安警部和泡手等人倒吸了一口凉气——怪人幽鬼博士四仰八叉地昏倒在地,前面趴着脸色铁青的牧村美智留。

"你、你小子是！"

"这、这到底是怎么回事……"

也难怪警部和管家会如此惊讶，因为幽鬼博士并非结城鬼一郎博士，而是博士曾经的助理。他被间谍买通，暗中背叛博士，带着四维电视的秘密逃去了某个国家。起初，他在那个国家备受尊重，但被发现没有真才实学后，他很快被抛弃，并遭到封杀。为了保命，他只好又回到了日本。

然后，他顶着曾经的恩师的名号，以复仇之名犯下种种罪行。后来他又盯上博士的研究成果和宝石王留下的遗产，转而对牧村家痛下毒手……

"简直丧尽天良！"大安警部叹息道。

不过，如此一来，幽鬼博士事件总算真相大白，牧村美智留也成功得救。但当中还存在一个谜团。

"嗯，江楠怎么样了？"

"他刚刚还在现场来着……什么时候消失的？"

"但没有人离开过这个房间啊。"

"那他到底去了哪里？"

众人开始议论纷纷。如果故事在这里告一段落，末尾应该会写"那个优秀的少年侦探究竟去了哪里"之类的，吸引读者购买下一期。但作者并没有这么写。

"哈哈，我知道了……"

与少年侦探交情颇深的大安警部捶了下手，突然走到牧村美智留身边。

"干得不错啊，江楠。你假扮成重症患者，骗过对手后，再偷偷乔装成美智留小姐，趁机把幽鬼博士放倒。连我都被你骗了，这就叫'要骗过敌人，得先骗过自己人'吗？但我可不会轻易上当，不管你的乔装技术有多么高超。"

说着，大安警部把手搭到了美智留的肩上。下一秒，美智留尖叫着往后退了一步。大安警部呆呆地看着自己的手。

"真、真是失礼了！"

画面中的大安警部脸上满是汗水，他吓得连忙道歉。

牧村美智留是如假包换的女孩。管家泡手也出面作证说她就是宝石王牧村的女儿。医生在为惶恐不安的美智留做检查时，也没有说她是男孩子。

那少年侦探到底去了哪里？

"江楠，你到底去了哪里？明天一定会回来的对吧？否则……X侦探局可怎么办啊？"

就在所有人为案件侦破感到高兴时，大安警部抱着胳膊陷入了沉思……

等我回过神来，却发现少女已经看到了漫画的最后一格。还没等我询问读后感，女孩朝我投来锋利的视线，问道：

"老师，这个故事没有后续吗？"

"嗯……好像是的。"不知为何，我回答的时候有些心虚。我慌忙喝了一口冰咖啡，轻咳了几声，继续说道，"好像市面的杂志最后只更新到这里……《怪人幽鬼博士之卷》确实到这里结束了，但主人公下落不明，让人看得云里雾里。这个故事本该还有后续，或者说，作者应该为这个系列附上一个清晰的结局。但是……请看格子外的这句话——'事件就这样落下帷幕，但我们的少年侦探此刻依然在守护着某个街道！'这等于是结局对吧。也就是说，编辑部在没有征得漫画家同意的情况下，强行给《这就是X侦探局》画上了句号……"

"为什么会这样啊？"

"不清楚……现在别说这部漫画的作者，连杂志的相关人员都联系不上。说实话，我也没有任何头绪。"

"那这个'密室'事件的谜团呢？在幽鬼博士快要袭击宝石王女儿的时候，少年侦探江楠是如何出现在那里，又是如何突然消失的呢？"

少女一股脑儿地倾吐出了内心的疑惑，而这些也正是我的痛点。没错，我既不清楚这部漫画的来历，也不知晓这个谜题的答案。因为这段描述得太过简单，我实在没办法解开。

以前的推理作品大多很牵强，要么剧情不合逻辑，要么解谜部分太过粗糙，没有这些问题的作品反而占少数。但这个作者显然是在挑战读者，可能连他自己都没有想好答案吧。

"嗯，说来丢人，这些我也不清楚。"

为了掩饰尴尬，我挠了挠头，内心却为无法回答她的问题感到羞愧和抱歉。因为我感觉到对方明显很失望。不知为何，一股内疚感袭上心头，可能因为自己没能帮到眼前的少女吧。

"这样啊……"

少女轻声嘀咕了一句。后来，我们换了个话题，没有再聊《月刊少年宝石》，聊天气氛也变得有些生疏和无趣。

"那么……我就先告辞了。感谢您今天配合采访。"

她站起来说道。我用含糊不清的口吻回道：

"啊，那个，要是有什么疑问，随时可以联系我。不知道今天的采访是否对你有帮助？"

"嗯，帮助非常大。"她回道，"还有，我（boku）——不对，我（watashi）[1]是不会放弃的。"

恰在此时，我正低头试图喝完最后一点咖啡。听到对方说"我"字时刻意改了下口，我讶异地抬起头，而此时的少女早已不见踪影，只能听到茶餐厅门口的铃铛传来清脆的响声。

哎？刚刚是怎么回事……我惊讶地睁大了眼睛。这时，一名青年错身走了进来。

1　日语中的"我"有多种说法，比较通用的是'watashi'，一般只有男性才会自称"boku"。——译者注

"咦？这不是……先生吗？"

是我工作上认识的一个朋友，我们之前约在这里见过几次面。他扭头看向店门口的方向，像是在目送少女。接着，他像是意识到什么似的，转而对我说道：

"啊，对了，前阵子你说有个初中生还是高中生要来采访你，莫非就是刚刚那个？"

"你看到了吗？"我问道。

"嗯，不过当时我没反应过来。因为我听你说是个穿制服的学生，我以为肯定是个女孩子——"

"欸？"我下意识地提高了音量。见他一脸不可思议的样子，我故作平静地问道，"那你看到的是什么样的？"

"什么样的？你刚刚不是一直坐在这里跟他聊天吗？那显然是一个穿着私服的男孩子啊。他戴着鸭舌帽，穿着中裤，还配了一条红色围巾，像是在模仿少年侦探。"

"啊！"

我再也掩盖不住内心的惊讶。这到底是怎么回事？我竟然把一个假扮少年侦探的男孩错当成了身穿制服的少女？这两个人是同一个人吗？若是如此，那究竟哪个是真，哪个是假呢？

"怎么了……先生？"

青年的语气里不只有疑惑，更多的是惊恐。我生硬地回复了一句"没，没什么"，但此时，一个结论正在我的脑海中迅速生成。

尽管听起来十分不合常理，且荒唐到令人难以置信，但我确信，那就是唯一的正解。我决定在此基础上采取行动，对此我没有丝毫的犹豫。

4

一回到家，我便开始了那项"工作"。

我先拿出早前买来打算画画或者编辑图像，但放在家中积灰已久的数位屏，连接到电脑上。

我查阅了互联网上的提问，询问了朋友的看法，还去SNS上搜寻了答案。接着我又下载了一些免费软件和一些付费软件的试用版，甚至打算直接花钱买正式版。

此外，我还扫描了买来的杂志，将其导入电脑，作为素材使用。然后，我从中提取了人物和部分元素，对其进行适当的修改。

这也就是所谓的"抄袭"吧，但我并非用于商业出版，也不是创作同人志，所以问题不大。这只是一个赝品，但越贴近原作，就越容易达到我的预期目标。

当然，光有这些还不能足以完成这幅作品。我在显示屏上适当叠加图层，用软件中的铅笔工具画起了"结构图"和草图。画好底稿后，我试着改变描线的颜色，降低画面的不透明度，接着用笔——当然是数位笔——在上面编辑叠加的图层。这样看起来就有点漫画的样子了。

哎呀，真是方便。线条的粗细、浓淡也可以自由调整，闭合的线条里也可以一键涂色。连画好的部分也可以一点点修改。

虽然这样并不能掩盖绘画功底的浅薄，但总好过以前。曾经我也试过画漫画，但刚用蘸水笔和尺子画出一条线，墨水就晕开了，于是我只好放弃。

如今有了绘制漫画用的软件，分格也可以瞬间完成。而且不用测量和计算，就可以将面板精确地划分为任意等分，还可以自由调整框架线的角度和形状。不会把桌子弄得一团糟，颜色也不会晕开。

但也不能使用过度，如果运用工具把页面划分得过于复杂，或添加过多的效果，会导致漫画与当时的年代格格不入。

在《月刊少年宝石》发售，也就是《这里是X侦探局》连载的那个年代，无论是作画技术还是构图方式都极其简单，或者说十分原始。

不过，当时对话气泡中的文字也跟现在一样，用的是古董体（Antique）。当然，漫画绘制软件里也有这种字体，可以随意使用。

平假名和片假名用比明朝字体稍粗的古董体，汉字使用黑体——平时读到的漫画里的台词大多采用的是这种格式。

我此刻在平板上绘制的正是《怪人幽鬼博士之卷》的最终话，也就是完结篇。内容就是——哎呀，先从我附在卷首的那句开场白开始吧。

——终于要揭开少年侦探的真实面目……读者们，请多支持！

我对实际并不存在的读者说完，用数位笔在数位板上拼命绘制起来。我反复修改草图，往对话气泡中填入台词，拼命地描绘着某个故事——没错，一个美少女变成少年侦探的故事，这需要耗费几天甚至几星期的时间。

眼下绘制的格子里，少年侦探江楠再次出现在大安警部等人面前，此前隐藏在帽子下的黑色长发大方地裸露在外，平日穿的衬衫和中裤底下露出了可爱的裙摆，如同歌舞伎表演变装时穿的道具服装。

众人大叫了一声，脸上难掩惊讶（当然是用文字来表达的）。

——啊，你……你是宝石王牧村的女儿！

大安警部边点头边说道。这个令人震惊的一人分饰两角的故事其实是这么回事：

宝石王牧村的独生女美智留认为，父亲的离奇死亡与结成鬼一郎博士的悲剧存在着某种关联，她试图借机查清真相。而且她早就猜到，父亲把她送往远方的寄宿学校，是为了让她避开后来的那场危机。

美智留不能接受这种结果。相比为了自保，对这起导致几人死亡的离奇事件视而不见，她宁愿冒着危险去找出真相。

于是，她选择女扮男装，化身少年侦探，在世界各地追查各种案件。她想着这样不仅能帮到别人，也许还能助她找到父亲和结成博士之死的真相。

当然，这种天真的愿望并没有那么容易实现。相反，她不断遇到各种怪事，为了解决案件，她来到了X侦探局，侦探水平也因此得到锤炼。

然后，终于发生了充斥着怪异、恐怖与离奇色彩的连环犯罪事件——幽鬼博士事件。

美智留虽然跟生前的结城鬼一郎博士很熟，但她只知道他是个温柔绅士的叔叔，并非大家口中的怪人。虽说他生前惨遭恶人陷害，可美智留怎么也无法想象，他有一天会化身为杀人不眨眼的复仇恶魔幽鬼博士。

而且，那个幽鬼博士还说，父亲才是陷害他的仇敌。难道真是这样？美智留感到十分疑惑。

于是，她制造出被对手投毒的假象，假装奄奄一息地躺在床上，借此封印少年侦探的身份，以牧村美智留的样貌等待敌人。然后，等幽鬼博士一出现，她又变回少年侦探，迅速将对手击退，并揭开了犯人并非结成鬼一郎博士的事实。

没错，因为少年侦探江楠和美少女美智留是同一个人，那个"密室"才得以成立——少年侦探突然出现又消失的谜团也解开了，答案只可能是这个。

美智留后来又变回了本人，但她的使命并没有完成。她必须要查清发生在父亲、结城鬼一郎博士以及其他人身上的那起离奇事件，向众人揭开真相。但后面突然断更，至少杂志上没有再继续连载。

这里是X侦探局/怪人幽鬼博士之卷

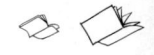

而我此刻正在为这个故事撰写后续。究竟为了谁？为什么要这么做？当然是为了少年侦探江楠，也就是牧村美智留小姐……

"那部漫画为什么更到一半就没有后续了呢？"

我把完成的部分打印出来，对着屏幕中的美少女或者说美少年侦探说道。接着，我又继续在数位屏上忙碌起来。

也许读者熟悉已久的少年英雄实际上是女孩的设定，有些不符合当时少年漫画杂志的风格，对读者来说也有些难以接受吧。至少不符合这个杂志的定位。反正幽鬼博士事件也得以解决，刚好杂志面临改版，这部作品就这样不清不楚地结束了……

这种心血来潮、丝毫不关心读者感受的做法，在漫画界似乎并不稀奇。但因为突然断更，你失去了表明身份做回自己的机会。于是，你只好继续以少年侦探的身份寻找缺失的结局，但这终究只是徒劳。因为那个故事根本没有后续，那部漫画，甚至是那本杂志早就被人遗忘，根本就不应该抱有希望。

就在你快要从这个世界消失的时候，我这个爱书人士碰巧在那家旧书店买下那几本杂志，作为数十年前的读者，久违地想起了那个故事。

——没错，对此我很感激。

我在牧村美智留的对话气泡里填写着台词。

——我还想着或许你能从哪里找到后续篇章的草稿或者线索……

但希望还是落空了。

"所以你才假借课外采访的名义,来我这里打探情况对吧?你当时是临时打扮成那样的对吧?"

我对她微微笑了笑。

——嗯……那是我作为少年侦探时的样子,但一出书店就解除了。

她在下一个对话气泡中说道。我点点头。

"果然是这样。结果,那个故事根本没有结局。那该怎么办呢……答案很简单,没有的话,自己画一个不就行了。"

——我怎么没想到这个办法。不过,这对我来说,是不可能办到的事情。

美智留有些遗憾,但她随即又露出了神秘的微笑。

——但你为什么要为我做这么多?

"是啊,为什么呢?可能因为知道真相后,没办法坐视不管吧。而且,少年侦探江楠和宝石王大小姐美智留的设定非常吸引我。现在的漫画和动画大多用一两个字就概括了这种感情……"

——嗯,这个我好像听说过。但只是因为这个吗?

"什么意思?"

——你不明白吗?

"完全不明白。"

美少女露出恶作剧般的表情,我不解地歪着头。

——那我问你,在你描绘的故事里,是谁在揭露少年侦探的真实身份，讲述我的过去和使命的？

"这个吗……"我顿了顿，"非要说的话，是我吧。"

——那你是谁？你表面说是为了我在寻求故事结局，其实也是为了你自己吧？那你究竟是谁呢？

"这问题问的，我当然就是我……"

话刚说一半，我突然惊醒过来。她说的没错，我不过是想补完《怪人幽鬼博士之卷》，或者说《这里是X侦探局》的故事而已。

为什么呢？这……这个嘛……哎呀，不是吧……可怎么想也……

"啊！"

我的心中突然闪过一个答案。

"没错，因为……"

——没错，因为……

我的声音和美少女的重叠在一起。

短暂的沉默过后，我带着略显颤抖的声音说道：

"因为我就是X侦探局的原主人，十文字龙作。"

——您终于想起来了呢，老师。

美少女带着似少年、似天使，又似恶魔般的微笑说道。

没错……没错。我都想起来了。

我就是侦探十文字龙作。在由牧村美智留乔装而成的少年助理的协助下，我们顺利解决了各种事件。直到后来，我遇到了一个巨大的谜团。

那是关于自己所在世界的谜团，我对每天与怪人、怪盗打交道的空间存在疑问。

这个世界究竟有多大？侦探的工作要持续到何时？为了找到答案，我不断探索故事空间，直到某天突然从一处悬崖上坠落。

因为那里是故事的尽头，或者说，那里被故意切断了。

我瞬间从悬崖坠落，直接摔到了故事外的世界。

然后成了这个世界的居民，忘记了自己曾经是十文字龙作侦探的事实，一直活到了今日。

没错，这正是我被《这里是X侦探局》这部漫画吸引的原因。也是十文字龙作突然从漫画里销声匿迹的理由。

但如果是这样……后面我该怎么办呢？

——这还用说吗？老师。

牧村美智留仿佛看穿了我的心思，接着说道：

——当然是由名侦探十文字龙作亲自续写这个故事，让它重新回到读者的视野……

数位屏里的她朝我张开手。

哎呀……可我没办法轻易舍弃这个世界。

舍弃现在的生活，在充斥着怪人和怪盗的梦幻世界里，以侦探的身份生活什么的，即便有你这个助理，也很难办到……

青髻城杀人事件 电影化相关文件

1

——又买了一本书。

我在旧书店的收银台前,用几张纸币换了一些带着些许污渍的文件,同时下意识地在心里嘀咕了一句。

今天尤为纠结,因为这文件看起来比以往那些书还要不起眼,也难怪我会暗暗感慨。

至于"又买了一本书"这句话在这里用得是否贴切,这个姑且不谈。因为这既不是书,也不是杂志,而是一本内部资料,这也是我第一次买这种东西。

我一般只收藏书本和光碟,其他东西从不买回家。因为我知道,一旦踏出那步,一切将会变得一发不可收拾。显然今天的行为已经打破了我以往的原则。

我会下定决心买它,主要因为这是一些与某家电影制片厂有关的未刊行资料。作为大型电影公司的一部分,该公司在战前和战后制作了大量的电影。

我喜欢老电影,但由于刚才提到的原因,我已经决定不再碰它们。可不知为何,我总觉得这些资料与那家电影公司的名字有着某种联系。

我随手拿起来看了看，很快在上面发现了一个令我心跳加速的标题。

《青髯城杀人事件　电影化相关文件》——尽管有些褪色，但依然能看清背面印着的文字。

前七个字十分引人注目，同时也让人感到好奇。在那个时代，侦探小说被视为可疑、敏感的存在。《青髯城杀人事件》更是一部被贴上异端标签的巨作，用现在的话讲叫长篇大作。不，即便在现代，它仍称得上是一部伟大的作品。要知道，它可是与《脑髓地狱》[1]并称为战前两大奇书。

但是，后七个字在我的视网膜上产生了一种奇怪的化学反应。《青髯城》要被拍成电影了？得到旧书店老板的允许后，我翻开来看了看。映入眼帘的是几十份油印文件和手写文稿。当中有粗糙的公司文档、类似笔记的文稿以及写得密密麻麻的表格。另外还有几张构思图（或者说故事大纲）、西式建筑图片及其内部的布置图，让人应接不暇。底下有一本薄薄的册子，封面上清楚地写着"青髯城杀人事件〔准备稿〕"一行字。

我抬了抬眼，恰好与旧书店老板视线相接。他的目光中充满了疑惑，又像是夹杂着一丝责备，我慌忙说道：

"这个我买了。"

顿时，我的背后升起一股寒意，但我已经没有反悔的余地了。最

---

[1] 《脑髓地狱》是日本作者梦野久作于一九二六年一月开始倾尽毕生心血撰写的一部小说。被誉为"日本四大推理奇书之首"。——译者注

后我以称不上便宜的价格买下了这些文件，但我一点也不后悔。等打包好后，我提着老板从某个百货商店弄来的纸质手提袋，迅速离开了店铺。

我从没有像今天这样迫不及待地想赶去那家咖啡店。因为我没办法在路上翻看那些文件，也不适合在电车里翻阅。

这次……真是挖到了一件宝贝。

我在一张四人桌前坐下，把买来的旧文件铺到桌上，连放咖啡的位置都没有了，我不禁叹了口气。

什么是主流？什么是小众？即便在同一时期，也会有截然相反的判断，对于过去的东西更是如此。尤其是那些异教文化和亚文化方面的专家，他们往往会用鄙夷的目光看待所有受争议的东西。导致一些本应在大剧院公开宣传的科幻电影只敢偷偷放到某个荒郊野外的小屋里上映，一些在杂志上发表并被广泛阅读的小说会被贴上"不入流作品"的标签。

在他们看来，《青髯城杀人事件》作为异教文化和异端文学的一大巨作，被拍成电影是一件极其荒谬的事情。但意外的是，现实并非如此。除捕物帐[1]以外，侦探小说很少有机会出现在大荧幕上，但《青髯城杀人事件》在连载期间便引起了广泛热议，当中的插画甚至

---

1 捕物帐是日本最早出现的一种侦探小说题材，相当于现代的"记事簿"。——译者注

被收录在了当时出版的《插画杰作选》中。

首先映入眼帘的是一张引人注目的制作名单。

制作　小早木七三

　　　埃里克·博梅尔

原作　织田清七

　　　(《侦探趣味》连载)

编剧　与国日出男

　　　卡尔·哈默尔

摄影　葛谷瑛二

音乐　伊志纮一

　　　柏林爱乐乐团

导演　茅淳泄悌之助

　　　威廉·弗雷斯特

小早木七三是关西地区家喻户晓的电铁王[1]，除了经营歌剧团和百货公司外，还投资了电影行业。他的搭档叫埃里克·博梅尔（现在一般称其为博玛尔），是一位德国电影制片人。默片时代的巨作《大都市》、华丽的历史歌剧《维也纳——歌声让时间变得美好》以及向阴暗的纳粹势力奋起反抗的《加油站的三个女孩》均出自他之手。

1　电铁王，有轨电车行业中非常有实力的实业家。——译者注

所以，这是要跟外国电影公司联合制作吗？《青髯城杀人事件》是以吉尔·德·雷[1]的传说为基础创作而成的，里面有多名外国人物，故事发生在一栋充满哥特式浪漫主义或是德国表现主义的怪异建筑内。

哈默尔和福雷斯特均以其甜美、浪漫的电影风格而闻名，在日本也颇受欢迎。尤其是后者拍摄的关于乐圣舒伯特的《我的爱永不衰竭》，在女学生当中引起了强烈反响。

在日方的制作人员当中，茅淳泄是娱乐电影的知名导演，擅长拍摄浪漫时代剧和镜花水月类的作品。年轻时他曾与新感觉派的作家们合作拍摄实验电影，还前往欧洲与爱森斯坦交流经验。

编剧与国日出男是一位具有好莱坞式想象力和出色审美的杰出人才，他擅长将悬疑和时空穿梭的元素融入时代剧中。摄影师则是后来的特摄之父。这部电影可能需要用到微缩摄影、电脑合成等方面的知识和技能。

伊志纮一是来自大阪的小提琴家、作曲家兼指挥家，也是富特文格勒[2]的好友。他是第一个在柏林爱乐乐团担任指挥的日本人，曾创作了多部杰出作品，只可惜英年早逝。他会出现在制作名单里，让

1　吉尔·德·雷男爵是英法百年战争时期的法国元帅，同时也是夏尔·佩罗童话书中的著名反派蓝胡子的原型，他不仅是历史上穷凶极恶的幼儿虐杀犯，也是十五世纪首屈一指的艺术爱好者。——译者注

2　威尔海姆·富特文格勒（Wilhelm Furtwängler）是德国的指挥家兼作曲家，是浪漫音乐时代的一位伟大代表人物。——译者注

人不禁有些好奇这部作品与巴托克的歌剧《蓝胡子公爵的城堡》[1]的关系。

　　面对如此豪华，或者说过度华丽的制作阵容，我不禁怀疑这打一开始就是一场精心设计的恶作剧。但泛黄的纸张、淡化的墨迹、褪色的照片、文件里的措辞以及粗糙的印刷无不在告诉我，这是一份几十年前的策划案。如果这样还怀疑是伪造的，那简直是在睁眼说瞎话了。

　　演员阵容也十分豪华。作为主角的名侦探有着贵公子般的美貌，由侦探小说爱好者丘领二扮演。搭档的检察官由左栗晋扮演，搜查局长由印东荣太郎扮演，还有许多后来十分有名的演员。

　　不巧的是，我并非电影狂热分子，对大多日本的配角演员都不熟悉，更别提外国演员了。所幸当中有几名演员旁边附有照片，我这才有机会看到这个时代所没有的美貌和面容。

　　其中有一部分被撕掉了，可能是在选角的过程中做了一些调整吧。在保留下来的为数不多的几段信息当中，我注意到了一个醒目的名字——七条蔷子。

　　旁边贴着一张演员照片，是一位身材苗条的女性，看起来完全不像那个时代的日本人。她的胸部十分丰满，留着一头波浪似的卷发，从长相来看，应该有四分之一的北欧或是俄罗斯血统，五官高贵而精

1　《蓝胡子公爵的城堡》是作曲家巴托克的一部著名的歌剧作品，于一九一八年五月二十四日在布达佩斯歌剧院首演。——译者注

致。如同大理石雕像般的唇边，挂着一丝清纯而魅惑的笑容。

背景的天花板很高，墙壁和柱子上带有精致的装饰，应该是在一栋气派的洋房内。不知是电影布景还是实地拍摄，总之跟她的气质十分相配。

从角色名来看，她应该就是《青鬃城杀人事件》中，掌握着事件重要线索的神秘女主角的扮演者。受角色设定的加成，她显得更加神秘而不可捉摸。

"七条蔷子吗……"

我下意识地重复着这个名字，像着了迷一般，目光一刻也离不开那幅画像。我仿佛陷入了某种魔咒，内心彻底被这个八十多年前的美女的笑容所俘获……

2

不久之后的某天，我出于某种原因参观了东京的一家电影制片厂。据说，这家制片厂曾占地两万平方米，数个摄影棚连在一起，形成鱼笼形的屋顶。巨大的游泳池、露天的舞台，为存放包括特摄器材在内的各种设备、大小道具准备的仓库，以及供演员化妆和休息的房间都在其中。

时代剧一般要在京都的专用摄影地拍摄，这里主要是一些拍摄现代剧用的设施，例如模仿银座一带的街景和下町风貌修建的永久布景，以及用轻便材料搭建的主题公园等。但随着电影行业日渐衰退，一些区域无奈被变卖，制片厂也逐渐被一些住房和其他设施取代。虽然这里后来也会用于拍摄TV电影，但规模显然比剧场要小得多，拍摄的电影数量也逐年减少。

衰退的局势已经无法扭转，制片厂四面的土地接连被变卖，面积越来越小。不仅如此，收购商和开发商甚至将手伸进了内部，制片厂逐渐变得四分五裂，只剩下几栋孤零零的建筑，被埋没在不起眼的街道里。

就在我怀着失望和沮丧的心情转过一个拐角时，胸前的手机突然振动了起来，好像收到了一条消息。

——我是藤户。我已经到了，在制作部大楼二楼的小会议室里等你。

藤户先生是与此次事件相关的出版社员工，跟我有多年交情。他虽然年纪不大，但做起事来十分可靠。这次有他陪着，我也很放心。

——明白。

我简短地回了条信息，抬头看向前方那扇巨大的铁门。那是制片厂的正门，许多明星曾在这里出入，门前也曾停满了运送材料和户外拍摄器材的车辆。不过，如今已经毫无意义了。这里已经不再是"日本的好莱坞"，高墙后那个繁盛的时代已经不复存在，只剩下这处残败的基地。铁栅栏旁设有许多门卫室，上面的油漆已经剥落。

平日偶尔也能在旧楼的管理员办公室或是公园出入口的位置看到

这种光景。早期这里雇用了大量门卫和杂工,后来因为体制变更和人手不足,除了一些规模较大的场所外,其他地方基本无人值守。

这里应该也差不多吧。边想着,我边往门卫室里瞟了一眼,不料在玻璃窗后看见一个人影。我探头看了看,想问是否要填写申请。

里面是一个年纪远超过七十岁的老人,看起来有八十多岁。他穿着松松垮垮的制服,整个人陷在椅子里。褐色的皮肤上长满了皱纹。他暮气沉沉地垂着肩膀,四肢无力地耷拉着,像是抵抗不住地球的引力一般。

即便我走上前,他也依然纹丝不动。起初我以为他睡着了,但仔细一看,他的眼睛明显睁着。无奈之下,我只好主动上前打起了招呼。

"打扰一下……"

对方没有任何反应。我试着再叫了一声,但依旧没有任何回应。正当我准备敲玻璃窗时,我突然发现,老人的眼珠无比空洞,从里面窥不见任何生气。但就在这时,老人缓过神来,察觉到了我的存在。

"你有什么事吗?"

老人的声音意外地铿锵有力。我顿时松了口气。

"是制作部的——先生叫我来的,说是要讨论一下作品电视剧化的事情。"

我连忙详细说明了自己的来意,可能因为这个孱弱的老人给人一种制片厂厂长的既视感吧。

"那边……"

老人用弯曲的手指指了指某个方向，然后闭上眼，没有再说一句话。我别无选择，只能沿着指示的方向往前走。

无意间，我的脑中闪过一个念头。是关于在旧书店买到的那本《青鬓城杀人事件 电影化相关文件》的事情。

这个制片厂跟策划《青鬓城杀人事件》电影改编的公司存在系统上的联系，难道说……

后来，我私下调查了一下这部电影，除了翻阅电影史书外，我还浏览了一些十分专业的数据网站，但依然没有任何收获。我甚至怀疑，这份文件本身就是一个精心设计好的骗局。但如果是这样的话，那我想知道，出现在众多照片中的那个神秘女演员究竟是谁？其他演员名字基本都能查到相关信息，唯独七条蔷子这个名字，不管怎么查都没有结果……

"怎么了？"

耳边传来藤户先生的说话声，我回过神来，慌忙回道："没、没什么……那么，关于这件事，后续要是有什么消息，还请与我联系，我这边没什么问题。出版商那边怎么样？藤户先生。"

"当然没问题。不过，我想确认一件事情……"

藤户先生用锋锐的目光扫视着文件，同时语气柔和地说道。

半个小时前，我按照门卫老人的指示，来到了约定地点。围绕那件事展开的小型讨论会很快进入尾声。

在电影厂与藤户先生碰面后,剩下的交涉工作全权交由他负责,我只是发表了一些无关紧要的观点。一番交谈后……

"那先就这样吧……"

藤户先生结束了谈话,正准备起身。我冷不丁地问出了一个盘踞在心中已久的问题。原本我想问有关《青髯城杀人事件》的事情,但问出口的却是另一个毫不相关、无足轻重的问题。

"住在那扇门旁边那个小屋子里的那个……可以说是门卫吧,他是很早就在这里了吗?看他年纪很大了。"

然而——

3

一个小时后,我被独自扔在了电影厂里。无奈之下,我只好在四周漫无目的地游荡。

谈论完要事后,本以为藤户先生会带我去附近参观一番,顺便一起吃顿饭,谁知他临时有急事,匆忙回了公司。他办事踏实可靠,每天要处理各种委托,自然没空一直陪在我身边。可我难得来一趟,直接回去未免太可惜了,于是我对制作部另外一位参与了讨论会的员工说道:

"机会难得,如果可以的话,我想在这里收集点素材……"

其实我是想拜托他帮忙带路，可他却豪爽地说："可以啊，您请随意。"不知是装作不懂，还是真的神经大条。不过既然他都这么说了，我也只好独自一人前往"日本好莱坞"的废墟，或者说爱伦堡[1]口中的梦工厂，漫无目的地闲逛。

我先打听并参观了资料室，但那里出乎意料的狭窄，可查阅的资料也十分稀少，全是一些公开出版过的材料。其他资料说是因为没有整理，无法供人查阅，但其实是私下偷偷卖给了其他商家吧，就像我在旧书店看到的那些文件一样。

我试着向那里的女员工打听了一下有关《青髯城杀人事件》的事情，但她对此一无所知，甚至都懒得去调查。不过，日本许多电影公司对待自家的贵重文件都十分随便，更不会设立文件管理员或是策展员的岗位。

我沮丧地走出资料室。可如果直接打道回府的话，总觉得有些可惜。

话虽如此……可接下来该去哪好呢？

我感到无比困惑。

说起来，我还没跟藤户先生说起《青髯城杀人事件》的事情。别看他年纪轻轻，其实他对老旧的东西颇有研究。聊起吉川英治的《神

---

[1] 伊利亚·爱伦堡（1891年1月14日—1967年8月31日）曾将20世纪20年代的好莱坞称作"梦工厂"。——译者注

州天马侠》[1]《龙虎八天狗》[2]等作品时,他也能讲得头头是道,着实令我吃惊。

不同于这里的其他员工,也许他会对这件事感兴趣。可这毕竟跟他的工作内容没有什么直接联系,我也不好意思过多地麻烦他。

说是制片厂,其实这里相当拥挤,乍看之下如同一条仓库街。内部似乎在进行拍摄或是录音之类的工作,但我不便贸然闯入。

与装扮各异的演员擦肩而过时,我丝毫没有穿越至过去的感觉,也完全没办法融入那种场景。因为从始至终,我没有见到一处像样的布景。

稍远的位置传来刺耳的轰隆声,可能是在移除用完的布景,或是在拆除老旧的建筑,以便转卖吧。不过,我并不讨厌这里萦绕着的那种寂寥感与时空静止的感觉。一步开外的地方依旧热闹而平凡,唯独这里让人感觉不到任何的生气。这种死气沉沉的气氛终将会让人走向灭亡吧,但谁也不愿意醒来。从圈外感受着这种无常感,倒也别有一番乐趣。这种感觉,就像是在欣赏一部老电影的片段一般……

——啊,那个老爷子啊。他可是制片厂的名人,别看他很不起眼,其实是这里的元老级人物了。听说我们的前辈刚进公司那会儿,他就已经在这里当门卫了,而且那时候就已经年纪很大了。

---

[1] 《神州天马侠》是由日本作家吉川英治创作的一部作品,共三卷,于一九二六年至一九二九年间出版。——译者注

[2] 《龙虎八天狗》也是日本作家吉川英治笔下的一部作品,共四卷,于一九二九年至一九三一年间出版。——译者注

我无意间想起制作部的人刚刚对我说过的话。

——他肯定早就过了退休的年纪吧,谁也不知道他为什么还要在这里当门卫。不过,电影工作者基本都很随性。

——老爷子恰好见证过日本电影的黄金时期,应该听说过很多当红明星的故事吧,但我从没听他提起过,可能早就想不起来了。别说他了,连当事人都不一定记得吧……

嗯,或许吧。

我暗暗想着。也许等那个老人走后,这个制片厂也终将失去它昔日的模样。即便能有幸以某种形式存留下来……也不会再有人怀念或是注意起这里。

我怀着伤感的心情在制片厂内参观了一番,但最终一无所获。就在我打算离开的时候,一阵豪爽的说话声打破了荒凉而寂寥的气氛。

"哇哈哈哈哈……蔷子对一些老旧的东西真的很有研究啊。还说什么'M田导演每次拍黑帮片的时候,枪战桥段都像武斗戏一样流畅'。听着莫名其妙的。"

"就是就是,而且还看过《对着枪口笑的男人》[1]《蒙面绅士》[2]什么的,连一些上了年纪的人都没听过这些片子吧。"

---

1 《对着枪口笑的男人》是日本作家角田喜久雄于一九四七年发表的一部小说。——译者注
2 《蒙面绅士》是日本作家高木彬光于一九五三年发表的一部小说。——译者注

"蔷子,你说你十八岁,真的假的啊?肯定谎报了吧?"

男人们你一言我一语地调侃道。这时,某人回道:

"才没有。我才刚高中毕业呢。我只是……比较喜欢很久以前的电影和歌曲而已。"

她的声音爽朗、可爱又具有穿透力,我感到无比意外。

"再怎么说你也只是个高中刚毕业的女生啊,怎么会喜欢那种歌?而且一般谁会记得整首歌啊?"

"你说什么呢,像服部良一[1]老师、西条八十[2]老师,他们的词都很美啊。虽然我很讨厌演歌[3]。"

她愤愤地反驳完,很快又发出了爽朗的笑声。这时,某人用责备的语气说道:

"喂喂,别这样笑话人家啊,如今这么努力的孩子可不多见了。不是说要一起把她培养成一名优秀的女演员吗?"

"导演,那她成天跟我们这群老头子在一块工作,岂不是前途堪忧?"

众人再次哄笑起来。不过能感觉到,当中并没有恶意,倒更像是一种亲切的调侃。

---

1 服部良一,日本作曲家、编曲家,也是紫绶褒章获得者。——译者注
2 西条八十,日本诗人、作词家兼法国文学者。——译者注
3 演歌是日本特有的一种歌曲,采用综合江户时代日本民俗艺人的唱腔风格,融入了日本各地的民族情调。——译者注

"才……才不会！"

"蔷子"再次反驳道。看样子，她已经跟那群自称"老头子"的男员工打成了一片。

到底是个怎样的女孩呢？

我会感到好奇，是因为这名字听起来十分耳熟。蔷子……七条蔷子。

其实当时我还没反应过来，只是觉得他们的聊天内容十分有趣，所以想去确认一下那到底是一群怎样的人，尤其是当中那个声音嘹亮的女孩。虽然知道一旦被发现，场面会十分尴尬，但我还是抑制不住好奇心，偷偷摸到那栋楼的拐角处，犹豫片刻后，鼓起勇气朝那边偷瞟了一眼。

"啊！"

我难以置信地僵在原地。我也是第一次知道，原来人在受到剧烈惊吓的时候，会变得无法呼吸。同时我也体会到了惊愕加恐惧究竟是一种怎样的感觉。

发出豪爽笑声的是一群年纪较长的摄影工作者，用制作部员工的话讲，叫"电影工作者"，但其中一个人除外。

看样子是中场休息，大伙随性地把器材放在一边，顶着一张被晒得通红的脸，饶有兴致地闲聊起来。如果只是这般场景，我完全没必要感到恐惧。但问题是，一个年轻活泼的女孩也在其中谈笑风生。

七条蔷子就在那里……照片上那位身姿妙曼的女性变成了存在

于三次元的鲜活人物！这怎么可能？小说《青髯城杀人事件》创作于二十世纪八十年代，虽然不清楚改编电影的具体年份，但至少也是六七十年前的事情了吧。如果她当时十七八岁，到现在应该已经过了古稀之年了吧。

这不可能是同一个人，可她们实在太像了。连充满复古气息的大小姐装扮，都跟照片上如出一辙。

这……这到底是怎么回事？那个人到底是谁？

我的心头涌起一阵强烈的好奇心，同时又感到莫名的恐惧，整个人僵在原地。我试图向前挪动步子，内心却又极力想要后退，一番纠结之下，我不慎将自己绊倒。就在我担心发出的声响会引起他们注意的时候，耳边突然传来某人的说话声。

"啊，原来你在那里啊。太好了，你落东西了。"

是先前那位制作部的员工。他边说着边朝我这边小步跑来。仔细一看，他手上正拿着我最爱的那个笔记本。我一眼便认出来了，甚至都不用翻口袋确认。虽然协商的细节事项全都交给了藤户先生，但我还是象征性地拿出本子准备做点笔记，不料转头便把它忘在了桌上。

"哎呀，真是太感谢了……"

我匆忙离开那群人所在的位置，从制作部员工的手中接过那个笔记本。余光中，我看到墙后冷不丁地探出一张脸。

"哟，那不是高领嘛。又在陪导演扯一些陈年旧事吧。对了，来得正好，这是你接下来要出演的那部电影的原著作者……"

听制作部的人介绍完我的来历后，女孩惊讶地看着我，朝我低头行了个礼。从她的表情和行为举止来看都与现代的年轻人别无二样。

"我叫高领翔子[1]，翔是飞翔的翔。请多关照，老师！"

虽是初次见面，但她活泼开朗的语调给我留下了良好的印象。多亏了她的耐心解释，我这才明白，她只是跟那张照片里的少女名字发音相似而已。但不可否认，她跟《青髯城杀人事件》里的七条蔷子实在太像了。可我又不便直接向她确认此事，只得简单地寒暄了两句，便结束了谈话。毕竟，谁会当着一大群人的面，突然问出"有人邀请你出演过七十年前的电影吗"这种问题。而且，还有一件事我十分在意。

我惊恐地看向身后。总觉得有人盯着我，可映入眼帘的只有一排排沐浴着红褐色阳光的荒凉摄影棚，除此之外没有一个人影。就在这时。

"好了，继续拍摄吧。大家也要加油，不能输给翔子！"

导演用高亢的声音喊道。老人们说着"好的""包在我身上"，齐刷刷地站了起来。高领翔子也紧跟其后。在进入摄影棚前，她突然转过身来，笑容满面地朝我挥了挥手。

"老师，再见。"

——这是我第一次，也是倒数第二次见到她。

---

[1] 在日语中，"蔷子"和"翔子"的发音一样。——译者注

4

就在"逢魔之刻[1]"降临的时候,我似乎遇到了传说中的"过路魔[2]"。

我离开电影厂没多久,天色便不知不觉地暗了下来。因为地皮大部分被变卖,里面纵横交错地分布着许多小路。就在我沿着小路往前走,快要进入主道的时候,一道黑影突然窜到我身后,把我吓了一跳。

"什、什么人?"

用"窜"这个词似乎有些不贴切,因为那东西的速度称不上迅速。非要说的话,更像是有一个幽灵偷偷飘到我身后。

"喂……那边那位……"

那幽灵用无比沙哑的声音朝我低声说道。接着,他用满是皱纹的手抓住我的肩膀和手臂。

"那家伙……那家伙到底是什么人……"

"哎?你在说什么?我、我想起来了,你是那个电影厂的……"

相比恐惧,我更多的是疑惑。因为我发现那个黑影正是门卫室的

---

[1] 逢魔之刻指黄昏时刻,也就是昼夜交替的时刻。日本人认为此时容易遇到妖怪、幽灵等魔物,或是遭逢灾祸。——译者注
[2] 过路魔指路上突然窜出的不速之客。——译者注

那位老人。说起来，我刚刚穿过正门的时候，他好像不在门卫室里。但老人没有回答我的问题，而是自言自语似的说道：

"那家伙……为什么没人发现……那家伙是妖怪……几十年来模样一直没变……从我进入电影厂工作开始……"

老人边喘着气边说道。意识到他指的是谁后，我顿时感到毛骨悚然。

"你说的那家伙……到底是指谁？"

面对我的追问，老人带着哭腔艰难地回道：

"就是跟你说话的那个家伙……难、难道你也跟她是一伙的？"

老人的语调突然一转，手中的力道也减弱了一些。我连忙趁机甩开老人的手，他大叫了一声，差点儿摔倒在地。但我无暇理会，逃也似的往前跑去。不知跑了多久，等回过神来，残败的"梦工厂"已经被我远远地甩在了身后，如同梦一般消失在了视野中。周围是无比熟悉的街景，平凡而又热闹。

刚刚到底是怎么回事？门卫那个老人到底在说什么？然后，他又在怕什么？

我一头雾水地沿着石板路往前走着。这种感觉就像是被噩梦惊醒后，又坠入了下一场噩梦。我无论如何也想不明白，更无法理解那个高龄老人方才那番怪异的行为。不过，我倒是因此想起了一个故事。黑白人物倒映在显像管上，淡淡地讲述着耐人寻味的故事——

我记得一部三十分钟长的美剧讲过这样一个故事：一位成功的报

纸专栏作家访问了一位女影星的住所。她曾在《尼罗河女王》[1]中担任主演，是一位家喻户晓的美人，但她的年龄一直是个谜。她曾与多位男性名人爆出过恋情，可她却声称自己只有三十多岁，这实在是不合常理。而且她有一张画像跟现在别无二样，可她却说那是十几岁的时候画的。

专栏作家试图追问其中缘由，但都被她巧妙地避开，还差点被她的美貌所俘获。那栋装饰着埃及美术品的宅邸里还住着她年迈的母亲，她显然知道点什么，甚至还有点惧怕自己的女儿。

后来众人发现了一件十分离奇的事情。在四十多年前的默片时代，曾经也上映过一部名叫《尼罗河女王》的电影，影片的女主角跟那位影星长得一模一样。而且女主角在拍摄完后，便消失在了埃及的遗迹里。除此之外，媒体还曝光了一个可怕的事实。那名老妇表示，其实她是那位影星的女儿！随着时间的流逝，她逐渐老去，而母亲一直保持着年轻的容颜，后来她们只好交换身份。

那位影星似乎习得了某种长生不老术，而且跟她扯上关系的男人全部离奇失踪。专栏作家试图找出真相，最后也落入了对方的圈套里。

没错，她就是"尼罗河女王"。她利用猩红宝石的魔力吸取他人精气，让自己青春永驻，不老不死。然后，她利用自身的美貌当上明

1　《尼罗河女王》是意大利导演费尔南多·塞尔奇奥（Fernando Cerchio）于一九六一年执导的一部电影，讲述了纳芙蒂蒂王后传奇的一生。——译者注

星,甚至还在电影里扮演起了自己的角色。

电视剧的最后,落入她魔掌的专栏作家迅速衰老,化作一具白骨,灰飞烟灭。这算是一个志怪故事吧。尼罗河女王应该指的就是克利奥帕特拉[1]吧。市面有许多以她为主角的知名影片,编剧利用这点设计的诡计十分巧妙,不过现在看来有些过于直白,说得难听点,剧情有些陈腐。但我现在没闲情思考这些。如果老人口中的"那家伙"也是不老不死的存在,那这一切也就说得通了。他在电影厂工作了那么多年,那是他曾经见过的诸多演员中的一个。正常来讲,她应该也已到垂暮之年,甚至可能早就离开人世。而如今,她却冷不丁地出现在他面前。而且她依然那么年轻,从她身上看不到丝毫衰老的痕迹。也难怪老人会感到疑惑和恐惧。当时在门卫室看到那个老人的时候,他的眼神无比空洞,一副魂不守舍的样子,估计也是因为这件事吧。

后来,老人在电影厂里四处搜寻,试图寻找"那家伙"的身影。没过多久,他便找到了她。从我们刚才的谈话内容来看,当时我应该恰好在场。可他又不便向本人确认,更不敢找那些摄影师询问情况——可能以前试过,最后吃了闭门羹吧——只能找我这个新来的打听一二。

"那家伙"——跟七条蔷子样貌极度相似的高领翔子究竟是什么人?难道她就是七条蔷子本人?而且是拥有不老之身的非人……

"这、这怎么可能?!"

---

[1] 克利奥帕特拉七世,通常称为埃及艳后。——译者注

我很快否定了这个猜想,至少我不相信世间有这种事情。不管实际如何,我都无法掩饰内心的不安。我一个大男人被一个高龄老人抓住都会如此慌乱,更何况被好色之徒或是暴力分子袭击的女性……我开始思考起一些无关紧要的事情来。

这种时候只能找个人倾诉。我用颤抖的手拨通了某人的电话,焦躁地等待着对方接通。

"喂,你好,藤户先生……"

*

独居老人被野狗袭击致死?

×日上午六点左右,一名在调布市××公园附近慢跑的员工报警称,"好像有人倒在了地上"。经神代寺警局调查,当事人名叫古杉荒次郎(八十九岁),住在附近,是帝京电影东京电影厂的员工,被发现时已经死亡。

古杉先生身上布满伤口,像是被锋利的獠牙咬过,初步判断是因流血过多而死。警方怀疑这是野狗所为,但附近并没有发现野狗的踪迹,现场也没有留下任何血痕。警方猜测这里只是抛尸现场,并非第一案发现场,随后展开了调查。

古杉先生是一位独居老人，在电影厂当了几十年的门卫。据相关人员透露，可能是因为上了年纪，他最近突然很想辞职。

5

后来又过了几个星期，我在一家古色古香的酒店沙龙里等候着藤户先生。关于先前讨论的那件事，因为后来发生了那种意外，我没敢再去那家电影厂，后续工作也全都丢给了藤户先生。但因为今天有件事必须要见一面，我特意把碰面地点选在了这家酒店。

我比约定时间早到了许多，只好无聊地等待他的到来。其间，我注意到了一件奇怪的事情。不知为何，我总觉得这家酒店的内部装潢十分熟悉，可我明明是第一次光顾这里。这里的装潢风格、雕刻的花纹以及装饰的彩画等，都与我记忆中的完全吻合，只是记忆中画面没有颜色。

对啊，跟之前看到的那张照片里的一样……

我想起了七条蔷子——后来的调查也依然没有眉目的那位神秘女星的肖像画。画像上的背景跟眼前这家酒店的装潢一模一样。说起来，这家酒店虽然在战后经历了几次改建，但基本维持了当初的模样。

不知是错觉，是巧合，还是命运的指引？我很想立马确认一下，可我没把那本书带在身边，而且我手边也没有那张照片。为了调查清楚那位女星，我把照片给了他人。

突然，感觉身边有什么东西，我下意识地抬起头。下个瞬间，我的视线定格在了空中，嘴巴惊愕地一张一合。那张照片就在那里，不论是背景、服装还是人物，都如出一辙。

七条蔷子——那个跟"尼罗河女王"一样长生不老的少女。这怎么可能，她果然是不死之身吗？！

我因恐惧而变得无法动弹。与此同时，七条蔷子笑容满面地朝我缓缓走来。她脸上明媚的笑容让人感到毛骨悚然。

我从未感觉过死亡离我这么近，也许我真的要命不久矣。要不是因为我在旧书店发现那本资料，并兴冲冲地将其带回家，也就不会挖掘出这些不为人知的内幕了吧。那位美少女利用某种可怕的方法让自己长生不老，而我恰巧撞破了她的秘密。

毫无疑问，接下来等待我的将会是死亡。在此之前已经有人牺牲，他被神秘的生物（即非野狗，也非人类）撕咬，最终血被吸干，命丧黄泉……

但这里是市中心，并非什么荒郊野岭，而且酒店沙龙人潮涌动。我可以大声呼救，或是趁乱逃跑。见我一脸警惕的样子，蔷子的脸上闪过一丝疑惑的神色。但很快她又露出愉快和充满敬意的表情，坐到了我前面的席位上。

我顿感不妙……这岂不是成了她嘴边的猎物。我只得瘫坐在沙发上，用求饶的眼神窥探对方的反应。

她的脸上挂着腼腆的笑容,完全不像超越人类的存在。她动了动那娇小迷人的嘴唇,神秘兮兮地凑到我耳边说道:

"那个,很荣幸前段时间能见到您。还有……谢谢您把曾祖母的照片拿给我看!没想到我竟能有幸被邀请来到照片上的那家酒店,真是太意外了!"

她的话令我大为震惊。曾祖母的照片?同一家酒店?到底是怎么回事?我感到无比困惑,一时间不知该如何回应。这时,少女朝我递出了一件东西。

是《青鬐城杀人事件 电影化相关文件》里出现的那张"七条蔷子"的照片。

这……这是?我感到越来越困惑。这时,一个人影突然从我身边窜了出来。

"哟,老师!"

"藤、藤户先生!"

我下意识地叫出了对方的名字。与此同时,我也终于回想起来,因为电影厂的那起意外事件,我一直很惧怕去那里。于是我把详细情况告诉了藤户先生,并把这张看起来十分不祥的照片存放在了他那里。

"哎?那莫非这是……"

我顿时反应过来,连忙问道。藤户先生点头回道:

"当然了。关于老师委托的那件事,我也是费了好大功夫去调查。后来我拿着那张照片直接找到了这位高领翔子小姐。不过，过程倒没有很麻烦。因为我们最近在商量改编电影的事情，然后她所在的事务所也跟我们公司有密切往来。结果，我发现了一件意想不到的事情……"

藤户先生接下来的话语完全超出了我的预料。不过冷静下来想想，倒也十分合理。

"照片上这位是高领小姐的曾祖母七条蔷子女士。她出身京都名门世家，家庭文化气息浓厚。她曾前往国外学习演戏，据说还以业余演员的身份参加了某部新剧的演出。与七条家交情颇深的小早木七三注意到了她，于是想邀请她参演《青髯城杀人事件》。但不巧的是，当时战争局势紧张，加上大家对侦探作品缺乏了解，这个计划最终被搁置了——事情就是这样。"

"没错，就是这样。"高领翔子的眼睛里闪烁着光芒，她双颊通红，神色激动地说，"我常听家人说起曾祖母，听说她跟我一样喜欢演戏，老人们也时常说我跟她就像一个模子刻出来的，所以我一直很好奇。可家里没有一张她演员时期的照片，只留下了这些普通照片。"

高领翔子说着，拿出了一本长方形的小相册，里面收藏着几张身穿女校制服但气质十分高雅的女性照片。毫无疑问，照片上的人就是七条蔷子，而且照片按照拍摄年份进行了排序。

最后一页写着"仅此纪念蔷子 高领史郎"。高领翔子微微点头，用纤白的手指指了指照片上的某个人物。

"啊，那是我的曾祖父，也就是曾祖母的丈夫。"高领翔子用得意中带着些许难为情的语气说完，接着又说，"家里有许多他们两个留下来的书和唱片，所以我才会喜欢上过去的电影和音乐……但是，我怎么也没想到她竟然出演过这样一部电影。谢谢您告诉我这些，这对我来说太珍贵了！"

高领翔子感激地连连鞠躬。看到她这般反应，我不禁暗自惭愧——这么一个对过去的美好事物心怀敬意的纯真少女，我竟然怀疑她是长生不老的怪物，而且还把自己吓得不轻，简直愚蠢至极。

后来，我们又聊了一些无关紧要的话题，并对《青髻城杀人事件》改编电影计划失败一事，以及七条蔷子的美貌没能展现在荧幕上一事感到惋惜。

跟高领翔子——绝对称得上是一名优秀的女性——别过后，我久违地喝了点酒，试图借此忘记这段时间的阴郁，消除周身的灾厄。结果，"尼罗河女王"竟是那位神秘的女演员和她的孙女！这是何等的荒唐。但边走边喝着酒的时候，有个疑问一直在我的脑中挥之不去。我试图一笑置之，但它很快又会回到我的脑中，并且逐渐膨大，变得愈发丑陋。

我犹豫再三后，还是决定把那个问题说出口。于是，我用半开玩笑的语气说道：

"所以……那是怎么回事？"

"你指什么？"

今天的大功臣藤户先生神色讶异地问道。我回道：

"就是……那个新闻报道。说是在电影厂担任门卫的老人离奇死亡——当然，这事肯定跟她没关系。但如果是这样的话，那个老人为什么会遭遇那种意外？"

藤户先生突然停下脚步，我也跟着停了下来。

"什么啊，原来你知道那件事啊。只有小部分媒体简单地报道了这件事，我还以为你没看到呢。"

不知何时，我们拐进了一条幽暗的小巷里。藤户爽朗的笑声在四周回荡。

"早知如此，我就没必要大费周章地把高领翔子小姐叫来，消除你内心的恐惧了。你竟然只字不提，也太不厚道了吧。"

"什、什么意思？"

我用沙哑的声音问道。我并不是故意不说，只是因为害怕，没敢说出来。他似乎对此产生了什么误解。

"还能什么意思……你也太迟钝了吧。既然曾祖母和孙女相像这件事会让你产生那种猜想，那为什么察觉不到身边发生的异常呢？"

"身、身边？"

"是啊。我跟老师认识这么多年了，经过漫长岁月的摧残，你都已经老了，可我还一直保持着青年的模样，而你却始终没有察觉出异样。建议你偶尔照照镜子,不然总会以为自己还年轻哦。"

"等、等一下,莫非你……"

我边后退,边用颤抖的声音问道。

"嗯,没错。还有一点,老师的想象力太过匮乏,跟你的职业实在是不相称。长生不老的不一定是绝世美女,也可能是平凡不起眼的男性吧。不过,我也没脸说你,因为我也没想到那个古杉老爷子这把年纪了还会在电影厂当门卫。"

原来如此。门卫室的老人害怕的并非高领翔子,而是他。他看到我跟他走在一起,所以才说出了那样的话。

恐惧与不安在我的脑中翻腾,但我还是试图冷静地寻求答案,这样的我一定很滑稽吧。很快,我的脑中冒出了另一个猜想。

等一下,那张演员表缺失的部分,说不定原本也附有照片——莫、莫非?

藤户先生似乎看穿了我的想法。

"哎呀,终于意识到了吗?其实我原本也要参演《青髯城杀人事件》。哎呀,我跟老师真是有缘啊。早知道会变成这样,我就不抹除那个时候的痕迹了,也许那样还更有趣。"

"会变成这样……是什么意思?"

"就是这样啊。"

他咧嘴一笑,把嘴巴张大到超乎常人的程度。里面排列着几圈如锯齿般的牙齿。

"喂，老师。"他缓缓凑到我跟前说，"老师一直叫我藤户先生，其实我的名字不这么写，而是这么写……"

他猛地扑向我，还没等我叫出声，他便撕开我的皮肤，咬住了我的肉。就在我快要失去意识的时候，身上刻下的字瞬间让我变得清醒。

——不死人[1]。

这三个字为我带来的是无尽的剧痛和绝望。

1　不死人和藤户的日文发音一样。——译者注

时间剧场·前后篇

1

——又买了一本书。

我在时常光顾的那家旧书店里轻声嘀咕道。此时的我有些许满足感，又有些许后悔，甚至会狠狠地自嘲……不过这些都是常态了。但有一点跟往日不同，那就是进入这家店的起因。

那些对书没兴趣，即便有也只会去寻常书店随手挑选的人可能无法理解吧。但对我来说，旧书店是无法抗拒的地方。

不管是去旅行，还是出差路过某个地方，我总能时不时地找到一两家旧书店。即便这时电车快要发车，或是快到与某人约定见面的时间，我也会忍不住进去逛逛。

正如一位同好在博客中分析的那样，你永远不知道在一家你从未去过的旧书店里会有什么样的收获在等着你，也许有一本你寻找了几十年的书就在那里。一般人可能会想，下次来也行。遵守时间，履行约定才更重要。但谁也不知道下次会是什么时候，而且谁也不敢保证我想要的那本书（还未找到的书）是否会一直在那里。说得严重点，连店都有可能倒闭。比如有一天你去到那里，结果发现店里空无一人，或是店铺已被拆除，或是店主生病，贴着"暂停营业"的通知。

即便能透过窗户看到你想要的书，也没办法买到。后来你造访多次，但店铺迟迟没有要开的迹象，最后直接倒闭——这些都是有可能发生的。顺便说下，这些都是我的亲身经历。

如今在网上搜索就能从日本各地找到想要的书，但老式旧书店讲究缘分。要想抓住这独一无二的机会，就必须要在发现旧书店的第一时间进去逛逛。所以，正如前面所言，对我来说，旧书店是一个令人无法抗拒的地方，绝对不是出于无奈用来打发时间的场所——唯独那次除外。

当时，我有生以来第一次被疑似跟踪狂的人盯上。我完成了两次面谈，感觉工作进展还算顺利，便随便吃了点东西，正打算回家，却发现身后有个影子在跟踪我。可能因为距离有点远，也可能因为眼镜度数不够，那影子看起来十分模糊。

起初我有些难以置信，认为我一个大男人不可能会被跟踪，打算一笑置之。但慢慢地我发现，事实并非如此。

是跟踪狂吗？还是盯上我的扒手或是强盗？我从没有过什么私人恩怨，不可能是上门寻仇，可我确确实实被跟踪了。

起初，我只是发现视野一隅有一块形似垃圾的物体，同时感觉身后有人在看着我。我数次惊恐地环顾四周，每次只能用错觉来说服自己。但我时不时能在公厕模糊的镜子里看到我身后站着一个黑影，每当这种时候，我的心里都会升起一股难以言喻的恐惧感。也许这些也是我的错觉吧。可即便如此，我还是无法抑制那种令人毛骨悚然的厌恶感。

后来我乘上了电车,那家伙果然又跟来了。眼下离下班高峰期还有一段时间,所幸我所在的这节车厢十分拥挤,但我依然能透过拥堵的人群窥见那个模糊的黑影。我感到十分不自在,可若是站起来换位置,反倒会更显眼。我只能低下头看着地板,在心底暗暗祈祷:千万别让我再看到他了,后面也别让我再碰到他了。

但一直保持这个姿势也很累,我悄悄抬起头。眼前的乘客随着车厢左右摇晃着,似乎有什么东西要从他们身后冒出来。

难道……就在我冒出某个猜想的时候,伴随一阵剧烈的摇晃,电车在某个车站停了下来。我的视线很快被蜂拥而入的乘客挡住,混乱中,我感觉有人在我旁边的位置上坐下。我条件反射地站起来,冲到了月台上。

呼,好险啊……

我下意识地擦了擦额头上的汗水。仔细想想,其实我也不知道自己在怕什么。不过,我实在不想再见到那东西了,于是匆忙下楼去了检票口。

所幸这个车站我来过几次。我穿过站前嘈杂的商店街,拐进了一条僻静的小巷。看到眼前充满复古气息的风景,我暂时松了口气。该不会……我不安地回头看了一眼,不料又看到那个可怕的黑影。

我加快了脚步。所幸小巷蜿蜒曲折,偶尔会有一些死角,对方没那么容易跟上我。确定那人跟丢后,我冲进一条小巷,想找家茶餐厅躲避跟踪。但附近没有合适的地方，除了那家旧书店。看到这里读者可能会吐槽：这种时候还想着逛旧书店呢。但我当时真的是为了躲避跟踪狂，不得已进入了书店……

2

店里十分凉快，但光线有些阴暗，仿佛已经到了日暮时分。里面没有其他顾客，不算宽敞的书店内，如迷宫般排列着众多书架，上面密密麻麻地摆满了各式书籍。用一个我最近学到但很少有机会使用的成语来形容就是——汗牛充栋。

我朝着书店的里侧走去。在书架间穿梭着，试图找到一个从外侧很难看到，但又方便紧急时刻迅速逃离的地方。

经过一番折腾，我总算找到了一个合适的位置，但我又很在意店里那个人的目光。书店里侧被书本围着的柜台前（或者说收银台前）亮着一盏灯，那里有一个人，多半是这家店的店主。为避免引起怀疑，我装模作样地挑选起了书本。其实也并非假装，我确实很认真地在挑选书本。毕竟这是我第一次光顾这家书店，空手离开未免有些不妥。我打算随手买上一本，哪怕是均价五十日元的文库本也好。

若我不是一个爱书人，可能会随手抓上一本就走。但我不允许自己这么做。就算是一口价甩卖的书本，我也必须要挑上一本自己喜欢的……边想着，我边看着一排排褪色的书籍，耐心地挑选起来。

嗯，这是？

有一本书引起了我的注意。不，确切来说，是完全将我的目光吸引了过去。

那是一本……不对，应该说是一套书。那是一套精装合订本，书脊上写着这样几个字：

时间剧场·前篇
时间剧场·后篇

作者名已经剥落，无法辨认，但书名莫名地让我感到在意。总感觉曾经看到过，或是读到过这样一部作品。至于具体写了什么内容，我已经完全想不起来了……

我是在哪儿见过这部作品来着？在父亲的藏书里，在学校的图书馆，还是……因为事情太过突然，我一时间想不起来。这应该是一部小说，至于是科幻小说还是纪实小说，我也答不上来。但我敢确定，这是我第一次见到两本《时间剧场》同时出现在书架上。我只翻阅过前篇。既然有前篇，那一定存在后篇，但我印象中只见过其中一本。所以，这两本书格外吸引我，同时也令我感到无比惊讶，就像见到一个相识多年的好友突然带来一个双胞胎兄弟一般。

我下意识地将手伸向书架，但很快又犹豫了。是先确认一下读过的前篇，还是先看看从未见过的后篇呢？思考再三后，我还是决定先从前篇读起。就在这时，门口传来店门开关的声响，有什么东西进入了店里。也许有人认为，这时候应该说"有人进入了店里"，但对当时的我来说，前者要更贴切。

是那家伙！

我没来由地心头一紧。我也不明白自己为何会如此紧张。总之，在难以言喻的厌恶感和恐惧感的驱使下，我逃到了书店深处。

那是一个只够容纳一人的角落，身型稍微胖点的人可能会卡在里面出不来。这是店里的死角，而且恰好面对着书架间的两条过道。如果有人从其中一条通道走进来，我可以立马从另一条通道逃脱。

我故意蹲下来，翻找起书架底层的书。这样我可以与书架底部突出的平台的阴影融为一体，更不容易被发现。但就在这时……

糟糕！

我手里还拿着刚刚那个书架上抽出的《时间剧场·前篇》。可现在也不方便放回去。因为在狭窄的空间里蹲了太久，我浑身的关节开始酸痛，腹部也感到一阵不适。为避免被看到脸，我一直背对着通道，时不时扭头确认身后的情况，肌肉都快要僵硬了。

也许是我想多了，或者是我有被害妄想症吧。说不定跟来的影子只是我的幻觉，或者只是碰巧同行的陌生人，也或许是我认识的老熟人。正常都会这么想吧。可我一个大男人竟然玩起了捉迷藏，说来实在是难为情。

但是……剧烈跳动的心脏和难以言喻的不安使我失去了正常的

判断能力。我紧紧地抓着那本《时间剧场·前篇》，战战兢兢地躲藏着。

时至今日，我依然会时不时地看到那家伙的身影。但我当下想的不是要怎么办，而是我会有什么下场。虽然这些根本毫无根据……

总之，我在那里等待了几分钟后，突然听到柜台处传来店主的说话声，以及收银机发出的咔嗒声。

过了一会儿，门口再次传来店门开关的声音，店里很快又归于安静。

难道又有人进来了？还是……我不由得屏住了呼吸。不知为何，刚才一直困扰着我的不安感突然烟消云散。

好痛……我小声呻吟着，撑着膝盖站了起来。我悄悄环顾四周，小心翼翼、战战兢兢地看了看店里。

那人走了……我把迷宫般的狭小空间仔细检查了一遍，连不起眼的凹洞和缝隙都没放过。

店里十分阴凉，空气中飘散着旧书特有的气味，那是一种爱书人绝对不排斥的"书香味"。除店外偶尔传来的嘈杂声外，这里静得听不到一丝声音，仿佛置身于深山当中。

现在店里只有我和店主。我总算松了口气，但很快我感觉到空气中弥漫着一股尴尬的气氛。我不清楚店主究竟看了我多久，但显然，在他看来，我就是一个举止可疑的无业游民。

空着手出去实在说不过去，还是去挑一两本书吧，哪怕均价甩卖的也行。这时,我注意到了自己手中的《时间剧场·前篇》。手里拿着这样一本书在店里游荡,也难怪会被怀疑。

对啊,把这套书买下来不就行了!

这主意简直太妙了,我差点高兴得跳了起来。然后,我花了点工夫回到这本书原本所在的位置,一排熟悉的书名映入眼帘。

我看看,《时间剧场·后篇》在……我找了一会儿,心里猛地一惊。

"不、不见了!"

我下意识地用沙哑的声音嘀咕道。

明明刚刚还跟《时间剧场·前篇》并排摆在一起,如今那里只剩一个缺口。前篇在我手里,可后篇去了哪里?

答案很显然,是那家伙——那个跟踪狂,或者说那个不明身份的黑影趁机买走了下篇。

这种书一般都是成套出售吧。我看了看封底的标价,上面也没有注明是单本还是双本的价格。可拆开卖的话,另一本会很难卖出去吧。难道店主不在乎这些吗?

即便如此,我还是不死心地翻找起书本间的缝隙,看是否夹在了里面,但依然什么也没有。我顿时像泄了气的皮球,拿着仅剩的上篇朝柜台走去。

我按照店主的报价付了款。在店主帮忙打包期间,我一句话也没问。整个人像是被抽干了精气一般。

"谢谢……"

我用细若蚊蝇的声音道了声谢。不过,我不确定店主是否有听到。

我本该向他了解一下这本书的事情,问问刚刚离开的顾客是个怎样的人,以及是否还有办法买到这套书的后篇。但我当时实在是没心情。而且就算我问了,店主也不一定会回答我。

于是,我就这样买下了这本书。既不清楚内容,也不了解它的价值,甚至还缺失了下卷。虽然店里还有很多其他书籍,但我还是凭直觉买下了这本看起来并不值钱的书,想来真是奇妙。

3

后来,我放下工作和其他要事,认真地阅读起了偶然间买到的这本《时间剧场·前篇》。

书名起得很贴切,故事规模十分宏大,有点像编年史,不过现在很少听到这个词了。这部小说(姑且称之为小说)视野宽阔,描写得也十分细致。文中描写了某个时代发生在某座城市里的故事,文字偏古风,风格和文笔都不同于现代作家,十分有个性。除此之外,这部作品还有一个地方很吸引我。那就是故事的核心——某个家族的传奇故事。

一个心胸宽广的年轻人离开家乡来到城市,以工匠的身份闯荡社会，后来遇到了一个女孩。两人很快组建了家庭，做起了其他行业的生意。丈夫机智过人，妻子细心周到，在两人的共同努力下，生意逐渐步入正轨。后来两人接连生了几个孩子。其中有个眼睛特别明亮的女孩，她对未来充满了幻想和憧憬，但她整个青春都受到了那个时代的影响。

跟诸多时代剧一样，里面上演了各式各样的人间喜剧。我也不知不觉地沉迷其中。

那些在剧院舞台上出现和消失的人物仿佛就在我身边，一切都是那么的熟悉。我竟会如此投入，连我自己都感到惊讶。

为什么会这样呢？我暂时从书中抽离，陷入了沉思。很快，我意识到一件事情。说来有些难以置信，这部作品里记录的好像是我们家的故事。

开头描写的那段我曾听人讲起过，很像我母亲那边的家族故事，其他剧情和人物也隐约能从那个家族里找到原型。也难怪我会对这本书如此感兴趣。

但这真的是以那个家族为原型创作的小说吗？我也不敢确定。里面的人物全部使用的化名，至于人物关系和故事插曲在多大程度上遵循了事实，我也无法下定论。若是我父母的故事倒还好说，可这是我外祖父母那辈的故事，有很多事情我并不知情，这部分内容自然也没办法辨别真伪。这种想法数次将我从书中的世界拉回，但我并没有因此放弃阅读这本书。

不过随着故事的发展，时间逐渐来到了距今几十年前，也就是我即将出生的年代。接下来会提到我的出生和成长，这部分的真实性应该很容易辨别吧——我本以为会如此。

相比战前、战后或是明治大正时代，故事里的时代背景对我来说显然要更熟悉。终于到这一部分了，我怀着激动的心情缓缓翻动书页。

这部分的故事主角有点像我的父母，但我也不敢断定。我意外地发现，我对他们生我之前的事情知之甚少，对他们年轻时的容貌也没有太多印象。

既然如此，那就只能靠我自己了。但现实仿佛在嘲笑我的天真，剩余的页数十分稀少，纸张缓缓从指间滑过。终于到了我出生的年代，可故事在这里悄然结束。

最后一段以新生命的诞生和祝贺的话语结束，剩下的是一片留白。

我早就猜到，最后一个出场的角色可能会是这种结果。因为剩余的页数太少，根本没有足够的篇幅去详细描写"我（或疑似我）"这个人物。

没错……这本书描写的是我出生前的故事，我早应该想到的。但在好奇心的驱使下，我还是忍不住读完了这本书。虽然跟预期有些偏差，但我并没有因此感到沮丧。竟然在关键的地方结束，那我岂不是白读了。我叹了口气，但很快注意到，一段留白过后，书本末尾写着这样一行字：

——后篇·〔主人公篇〕续

　　主人公篇！主人公到底是谁？

　　毫无疑问，前篇花了那么大篇幅介绍他的祖先和父母，主人公当然是后来出生的那个婴儿。如果那个婴儿就是我，而后篇要讲述的是主人公的成长故事，那我真的很想读一读。不，是非读不可。

　　作者会写出怎样的故事呢？有多少是符合事实的呢？全程是以"我"为视角展开叙述的吗？会不会写一些我所不知道的故事？这个"主人公篇"写了我哪个时期的故事呢？是少年时代、青年时期，还是成年后的我？真的很想拜读一番。而且……不只是过去和现在，说不定还写了将来的故事。

　　若是如此，那这岂不是预言之书？但我很快否定了这种猜想，转变之快，连我自己都感到意外。

　　不过，以这种形式读完《时间剧场·前篇》后，我越来越想知道后篇究竟写了什么故事。为什么当时我没把后篇一起拿走呢？去旧书店次数多了，难免会犯一些错误，我也曾数次感到懊悔，但这次尤为不甘。

　　不过话说回来，当时买走后篇的那个家伙到底是什么人？我甚至忘了自己曾因害怕那个黑影，吓得没命似的四处逃跑。如今我的心里只剩下愤怒和嫉妒。于是我暗下决心：无论如何也要得到那本书，一定要把《时间剧场·后篇》弄到手，一定！这份决心带着一丝诅咒的意味。

后来，我挖空心思寻找《时间剧场·后篇》。

以前买书讲究缘分，只有出版社认可的大书店才能订购图书，而且有时过了几个星期才发现"由于出版社缺货，该书无法购买"，这是常有的事。这时肯定有人会说，直接找出版社订购不就行了？当然不行，因为出版社明确表示"谢绝读者直接购书，请前往书店购买"。

如此一来，我也只能去旧书店碰碰运气。于是我走访了全国各地的旧书店和旧书市场，疯狂地在众多书名中寻找。我有个坏习惯，每当看到旧书店，都会忍不住进去逛逛，对此我也无可奈何。

不只是街角一些不起眼的"旧书店"，其他店铺我也不会轻易放过。街上有一家专卖儿童零食和平价玩具的商铺，我发现它曾经是一家借书店，于是强硬地去店里的书架前搜寻了一番。但这本书实在太稀有了，即便如此，我也依然没有任何收获。

不过如今网络发达，只要在搜索栏输入书名，就能知道外人对这本书的评价，以及哪里可以买到。不仅是各大旧书店的网站，还可以把加盟店的信息全部检索出来，最近我日夜在网上调查这本书。但最终还是一无所获。

网上倒也不是没有《时间剧场》的相关信息，只是非常少。而且可能因为关键字太笼统，检索出来的大多是一些没用的信息。好不容易找到那本书的链接，结果显示"售罄"。不管我怎么挖空心思，顶多也只能找到前篇，真是令人心焦。

不过，我并没有因此放弃。经过不懈努力，我终于在某个拍卖网站上看到了《时间剧场·后篇》，那一刻我差点尖叫起来。

我半信半疑地点开链接，发现拍卖的那本书与我在那家旧书店看到的一模一样。上面展示了书本的整体图片、装订状况的局部特写以及部分文本内容。当时没能买到的那本书就在眼前，而我却没办法得到，这反而激发了我强烈的占有欲。

没错，《时间剧场·后篇》——哪怕赌上美好的未来，我也必须要得到那本书。或许它可以为我不值一提的人生带来新的可能，或是为低入尘埃的我找到不为人知的一面。

4

在我的电脑显示屏上，一个小窗口正在倒计时，上面显示着距离竞拍截止日期的剩余时间，旁边是我几天前找到的拍卖页面。

《时间剧场·后篇》已经有几个人参与了竞拍，价格也在起拍价的基础上略有上升。这意味着不只有我一个人在找这本书。我的内心涌起一股莫名的焦躁感和胜负欲。

（必须要弄到手……）

我执着到了近乎滑稽的地步，甚至开始思考起了对策。若是习惯这种场面的人，应该能想出更巧妙的方法吧。但我想出的办法幼稚而直接。那就是在竞价结束前，出高价牵制对手，让他们没办法轻易超越。说极端点，如果最高竞价是五千日元，那我会直接砸入十万日元。如果没有人竞价，那我就会以五千日元加最低出价单位的一百日元或五百日元的价格拿下这本书。

拍卖会在竞拍结束前五分钟确定结果。如果之后还有人出高价，剩余时间就会自动重置为十分钟，那样可就太麻烦了。另外，商品显示的"当前价格"并非最高竞价，而是比第二名的出价金额高一个单位的价格。如果我出价太低，就没办法跃升到第一位，等倒计时一结束，书就会落入他人之手。要想得到《时间剧场·后篇》，必须要细心谨慎和大胆决策。

就在我举棋不定的时候，计时器上的数字越来越小。时间临近最后五分钟，我下定决心，输入了钱包允许的最高金额，最后只要点击提交按钮即可。

很快来到了紧要关头，考虑到网络计时器的误差，我决定提前五秒钟提交。十、九、八、七、六……点击！

三十分钟后，我明明没做什么剧烈运动，却面容憔悴、大汗淋漓，因为我的作战计划失败了。本以为这个价格没人会跟，当时也确实出现了"目前你出价最高"的提示,谁知最后一秒"当前价格"出现了变动,而且那人的出价只比我少了一千日元。也就是说,在我出价之前,第一名也输入了比我略低的价格,但因为当时第二名的出价只比初始价格略高一点,我没有察觉到异样。

总之,竞价突然变得奇高,但好在第一名还是我。可还没等我安心几秒钟,对方再次出价,轻松将我反超。经过一番紧张的加时赛,我整个人心灰意冷,没有再出价。最终以我惨败收场。

兴奋和失望的情绪在心底错综交杂,脑袋莫名地发烫。与此同时,我也在想一个问题——《时间剧场》只是对我个人来说是一部有重要意义的作品,可为什么会有这么多竞争对手?那些网络竞拍者花如此高的价钱拍下又是为了什么?

为了弄清楚这个问题,我必须要想办法弄到《时间剧场·后篇》。但没想到,我很快便迎来了一雪前耻的机会。

在后来一小段时间里,除了搜寻旧书,我还顺便收集了一些手册、传单和宣传卡,结果在里面发现了这样一则信息。

第一届"制书公司"竞拍大会通知

感谢大家一直以来对本公司的大力支持。为了感谢客户,我们西部大道分店决定举办一次竞拍大会,这次大会不同于普通的网络交易和网络拍卖,可以让您体验到传统拍卖的乐趣。

请阅读以下规则，踊跃报名参加（也可以当天办理）。工作人员将带着精选的稀有礼品等待您的到来。

日期和时间：X月13日（星期日）正午开始

地点：西区青少年宫9楼A会议室

旧书目录主要以文字为主，即使有照片，也只是用于参考。但这次活动发行的手册尺寸稍大（B5），几乎所有页面都是彩色的，版面设计强调视觉效果，颇像一本杂志。

这种手册刊载的大多是一些视觉性的内容，相比书籍，这更像是一种周边。除了近年来大家争相收藏的面向青少年的作品和借书店常见的小说外，纯粹的文艺作品十分少见。

不可否认，这类书十分不起眼，也没有特别吸引人的地方。但我在其中发现了这本书。不管印刷字体多小，或是图片多模糊，我都不可能错过这个书名。所以，这里就没必要赘述了。

后来我立刻着手做了三件事，报名参加竞拍大会，学习此前从未接触过的"传统拍卖"的规则，以及耐心等待活动开始。

5

赤本漫画[1]、电影海报、动画胶片和原画、棒球卡、薄膜唱片、漫画家的签名纸、一百年前的铁皮玩具、Sofvi[2]制造的怪兽、广告娃娃、迷你汽车、列车指示牌、珐琅招牌……会场内展示着各式各样的商品,令人目不暇接,场面十分壮观。

竞拍大会的场地占地一百多平方米,里面陈列着众多玻璃展示柜,活动参与者九成以上都是男性。不知这处场地是否有窗户,但即便有也全被货架挡住了,气氛十分压抑。

此时的我正一动不动地站在期待已久的那本书前。我死死地盯着那本时隔数月再次遇见的书,时不时地往周围偷瞟几眼,看现场是否有竞争者。

看样子没有,但我不敢大意。有人拜托工作人员将书从展示柜中取出,以便近距离观察。但我不敢这么做,因为我怕被人看到。而且我总觉得,除非这样东西已经确认是自己的,否则擅自触碰是一件十分不礼貌的事情。

竞拍大会的规则在专业古董商的眼里可能再寻常不过了吧。但我是第一次听说。会场放有三张记事本大小的纸,活动参与者需要在

---

[1] 赤本漫画指印刷在劣质纸张上的漫画单行本。——译者注
[2] Sofvi是日本的一家玩具制造公司。——译者注

上面写上姓名、入场时领取的卡片ID以及感兴趣的商品编号。但问题是，我必须要在上面写上第一阶段、第二阶段以及第三阶段的出价金额（当然有一个固定起拍价）。

如果竞标者甲从最高出价开始依次写了七千日元、五千日元和三千日元，竞标者乙写了一万日元、八千日元和六千日元，那么竞标者乙的第二出价超过了竞标者甲的最高出价，他将以八千日元的价格赢得竞标。因此，竞标者填写的价格越高，胜算也会更大。但也不能为了求稳，对价值一万日元左右的商品出价十万日元或是一百万日元。

这时候就需要依据对手的情况加价，但整个过程十分痛苦，我此前也体会过数次。所以这次我决定孤注一掷，直接填写自己心里的最高价格。

展示柜前的盒子里有一个贴有商品照片和编号的信封，竞标者需要把这三张纸放入该信封。竞标指南上写着"请将纸对折"，但信封粘得很牢，上面只剪了个小孔，我必须要把纸折四次才能塞进去。等放好时，我也已经满头大汗。

我不清楚是否有其他人往那枚信封里塞竞价纸条。其余人大多都挤在铁道相关的商品前，或是饶有兴致地交谈着，或是透过玻璃柜细细观察商品，看是否有细微的划痕。不过，我待在这里已经没有意义了。

下午三点，出价结束后，大厅关闭，工作人员开始统计结果。我提前走出A会议室，离开了西区青少年宫。楼下的大厅里似乎在举办大型偶像团体活动。西区青少年宫是日本建造较早的商业住宅区，如今被称为亚文化的殿堂。我在附近晃悠了一会儿，随后走进了一家茶餐厅，勉强打发了一段时间。

马上临近开标时间（四点），我提前一些回到了会场。但那里依然大门紧闭，几十个男人蜷缩在地板上，空气中弥漫着浑浊的气息。开标时间似乎推迟了十分钟。

十分钟后，广播里再次播报"竞拍结果将延迟公布，请耐心等待"。当场有人愤怒地咆哮："这可就伤脑筋了！办事能不能麻利点！"被呵斥的对象明明不是我，可我却莫名地感到有些难为情。其他人兴许也是这种感觉吧。

就在那个男人朝工作人员发牢骚期间，门冷不丁地打开了，门外的人有序地走进了场内。刚一进门，我便看到白板上贴着一张写有商品名称、竞拍者ID以及出价金额的表格，我的心情顿时亦喜亦忧。片刻后，我朝着临时设置的收银台走去。

展示柜的玻璃门被打开，工作人员将竞拍商品逐一移出，将其摆放在正在收银台前等候的竞拍人群面前。成交价格超过十万日元的商品不在少数。方才那个大吵大闹的男人也得意地提着一个纸袋，走出了会场。

但是……我和竞争对手都没能迎来这样的机会。因为对于我参与竞拍的那本书，表格上写着这样一行字。

商品No.55××《时间剧场·后篇》

成交价格——（无法计算）

* 参与竞拍的顾客请前去咨询收音机旁的工作人员。

无……无法计算？到底怎么回事？

面对这意料之外的结果，我呆站在白板前，久久无法动弹。这时，背后传来一阵微弱的呼吸声，似乎有人站在了我身后。不仅如此，我感受到了一股锋利的视线，越过我投向白板上的公示结果。我下意识地咽了口唾沫。因为我意识到，身后的诡异气息并非来自一个人，而是来自好几个人。

6

"其……其实，看完这个您就能明白了，这是大家提交的三张出价单，三个价格竟然完全一致。没想到会出现这种情况，我们也感到十分意外……所以，目前还没有确定具体的解决方案。"

"……"

"但是，这样下去大家都得不到这件商品，可如果重新竞拍的话，不知大家能不能接受……总之，我们希望大家能坐下来讨论一下……"

"……"

"情况就是这样，那我先出去一下，等大家讨论出结果再过来……那么，先失陪了！"

工作人员丢下这番话后，略显慌张地离开了我们所在的房间，像是在匆忙逃离什么一般。

接着，尴尬的沉默降临，我们——同一本书的竞拍者警惕地看了看彼此，将视线别向一侧，许久都未开口说话。确切来说，是没办法说话。

我们所在的房间十分昏暗，只有一盏荧光灯静静地闪烁着。桌前围着五六个人——这么说似乎有些含糊，但我也懒得去数了。从青年（勉强算是）到老年，当中有不同年龄段的男女，众人身型各异，胖瘦不一。简而言之，就是几个丢进人群立刻会被埋没的普通人。他们唯一的共同点是，都有着松弛的皮肤、毫无生气的表情，以及一双无比浑浊的眼睛。一切都在暗示，他们正过着贫瘠而灰暗的人生。我之所以不想过多观察他们的脸，兴许是因为他们的样貌散发着失败者独有的腐朽气息吧。

"那个……"

沉默陡然间被打破。说话的是一个油光满面的秃头中年男子，更令人反感的是他的声音。听到他声音的瞬间，我的心头猛地一咯噔。这让我想起了初次听自己的录音时的感觉。

"跟你们不一样，我找这本书很多年了。今年无论如何也要把它买到手，刚好跟前篇凑成一套。大家能不能把它让给我呢？"

"我也一样啊。不,我跟你不一样。我也在搜寻前篇的后续,如果买不到的话,那将关乎我的生死!"

中年男话音刚落,耳边又传来一阵干瘪嘶哑的说话声,像极了鸡被勒住脖子时发出的声音。说话人是一个年龄不详的女人,声音与她的长相虽也说不上相配,但她的身型确实像极了一副鸡骨架。

"那个,我也一样。怎么说呢,我也理解大家的心情,但是……"

一个年轻男子举起那只如孩童般圆润的手说道。他身上没有污垢,也没有留胡须,可总给人一种很邋遢的感觉。他带着粗重而刺耳的鼻息声说道:

"那个,这里面好像我最年轻。重新拍卖也挺麻烦的,要不就直接让给我吧,那个……"

"开什么玩笑!"

"给我滚一边去,小鬼!"

"那我也要说两句了,这本书原本……"

"你也给我闭嘴!"

咒骂声和说话声此起彼伏,现场乱作一团,看样子一时间无法平息。

这是什么情况……

我不耐烦地在心里嘀咕道。其实我也想这么说,但他们恶狠狠的咒骂声令我倍感不适,所以我始终没有说出口。

我悄悄站起来,逃也似的离开了那个充斥着咒骂声和咆哮声的房间。

"喂，你一个人跑去哪儿？"

中年男子冲着我背后喊道。我没有理会他，直接关门离开。

前往洗手间的途中，我碰巧路过竞拍会场的门口。工作人员正在匆忙收拾物品，桌上还放着那本《时间剧场·后篇》。我大步走上前，无视工作人员一脸讶异的表情，掏出钱包里所有的纸币放到他面前，拿起那本书转身便走。

啊……工作人员大叫了一声。与此同时，后侧商谈室的门被猛地打开。

"你小子！想拿了就跑吗？"

"站住，你个小偷！"

我可不会乖乖束手就擒。而且，不论发生什么，我都不会归还此书。

我拼了命地在巨大的建筑里闷头猛跑。途中，我恍然明白了一件事情。我终于知道我为何会在拍卖会上遇到他们，以及我为何会如此执着于寻找这本书。没错，他们也在《时间剧场·前篇》中看到了自己的人生，并渴望在后篇中看到不一样的未来、人生或是选项。他们想着，自己只是碰巧生为男人（或是女人），出生日期也只是相差数年，他们完全有可能迎来截然不同的人生。他们也跟我一样，认为自己是后篇"主人公篇"的主角……不对，等等，前篇的故事真的适用于这么多人吗？

（他们每个人的人生都与前篇存在着某种联系吗？还是说……）

我在一个空无一人的楼层停下脚步，翻开一直抱在怀中的《时间剧场·后篇》。没错，我需要确认后篇的故事是否真的与我有关，以及后续的"主人公篇"讲述的是否是我的故事。

但就在我匆忙翻开书页，想要阅读"主人公篇"时。

"找到了！"

"在那里！"

耳边传来野蛮而粗鲁的叫喊声。同时，有一阵凌乱的脚步声朝这边靠近。

糟糕！

我将视线从书中抽回，恰巧看到不远处的电梯门打开着，我慌忙朝那边冲去。快点快点，趁电梯门还没有关闭……我喘着粗气向前跑着，好在我的祈祷没有落空。但因为一心想着逃跑，我没有注意到电梯里没有灯。

不仅没有灯，里面甚至没有轿厢，底下是一个漆黑的洞穴，如同一张血盆大口。可等我反应过来的时候，已经太晚了。我极力想要停下脚步，但还是抵抗不住惯性的作用，垂直朝死刑台坠落。

前一秒，我隐约看到手中的那本书旋转着，朝地板飞去。下个瞬间，伴随一阵剧烈的冲击声，我的骨头被撞得粉碎，肉也撕裂开来。飞溅的血腥味涌入鼻腔，麻木感逐渐袭向全身。

"这是怎么回事！"

在逐渐模糊的意识中，我隐约，不，清晰地听到了争夺《时间剧场·后篇》的那群人的谈话。

"看来这是一本错印或者漏印的书啊，从中间突然变成了白纸。"

"真的，这样可就毫无价值可言了。"

"是啊，简直是浪费精力……一切又回到了原点。"

错印的书？白纸？原来是这么回事。故事原来是这样中断的。因为主角从《时间剧场》的舞台坠落，所以后面才变成了白纸……

我无声地笑了笑。然后，我还意识到一件事情。不只是他们，当时跟踪我到旧书店，当着我的面夺走《时间剧场·后篇》的那个家伙——那个黑影不过是我的分身，我的另一种可能性，或者说另一个我。而我的人生也在那个时候被夺走，并被抹去。

就这样，《时间剧场》以如此荒谬的方式画上了句号。

奇谭贩卖店

1

——又买了一本书。

这究竟是我第几次嘀咕这句话呢?

不,不仅仅是我。不知有多少人在走出旧书店的时候说过这句话。那片空间里仿佛有一种独特的魔力,每每走出来时,都有一种如梦初醒的感觉。

这家不起眼的旧书店亦是如此,一定有许多人在逛完后说过这句话吧。若是用放大镜站在老式推拉门前观察,说不定能捕捉到顾客嘀咕"又买了一本书"的画面。

哎呀呀……我真是不长记性。

我叹了口气,暗自感慨道。

事后想想,我完全没必要因为害怕尴尬,或是因为碰到一本感兴趣的怪书,便强迫自己买下,我完全可以空手离开这家旧书店。

而且……我后知后觉地反应过来。我压根儿没必要走到这家店门前,推开那扇破旧的推拉门,走进阴冷的店内。如此一来,也就不会听到那阵奇妙的敲击声。

咔嗒、咔嗒……

想必不止我一人喜欢旧书和旧书店吧，但我不太擅长与旧书店老板打交道。这世间做生意的人数不胜数，但很少有店主会毫不掩饰地对顾客咂舌，或是发出不屑的哼笑声吧。

杂学研究专家K氏曾在一篇论文中提到，有店主瞟了一眼顾客买的书，嘀咕了一句"哼，买了本垃圾"。我虽没有遇到过这种过分的事情，但也有过多次不愉快的经历。

买东西尚且如此，更何况是卖东西。我从学生时代起，便在旧书店花了不少钱。但因为有过几次不愉快的体验，我对那里有些反感。即便有时因为空间有限，不得不处理一些书，我也宁愿将其卖给废纸回收商。因为我受不了卖书时旧书店那人露出的轻蔑表情。

后来随着旧书店的兴起，这个难题也总算得到解决。我会选择将书卖给新开的旧书店，虽然有些新店主对书本知识一无所知，所有书一律按两三千日元的价格回收。但总比卖给那些懂书的老店主，被他们瞧不起要好。不过，做生意大多如此。

那我为何还是管不住自己，今天又不长记性地跑去了旧书店呢？因为有本书只有那里能买到，而且，我必须要买到。

咔嗒、咔嗒、咔嗒……

我倾听着充满嘲讽意味的金属撞击声，慢悠悠地在店里走动着。我尽量让自己表现得礼貌而谦逊，相比客人，我更像是一个获得特殊邀请，来到他人家中参观的客人……

不同于允许退货的新刊书店，旧书店的书属于店主的私人财产。

有些不讲理的顾客会大摇大摆地走进去，胡乱翻动书架上的书籍。若是没有遇到喜欢的，他们随时会表达不满，或是当场发牢骚。

近年来，拉面店店主莫名地变得颇具权威，时常被拍到抱着胳膊站在店里。而旧书店店主通常是站在收银台后，隔着眼镜投来怀疑的目光。若是要做张海报，或是设计个店铺标志，这个姿势再合适不过了。这些姑且不谈。

我当时进入的那家店铺的老板倒没有这么高冷，但他也不会热情地迎接来客，只会无视我，把我当成空气。

咔嗒……咔嗒咔嗒、咔嗒……咔嗒……

这倒也没什么稀奇的。但这家店的不同之处在于，从刚刚开始，店里时不时会发出清脆的敲击声。

这到底是什么声音？我偷偷瞟了一眼收银台。店主似乎在埋头忙碌着什么，柜台上摆放着一个硕大的物体，恰好把他挡得严严实实。

那到底是什么东西？我睁大眼睛观察了一会儿，接着在心中喃喃自语。

好像是一台老式的打字机……他到底在打什么？

随着电脑的普及，打字机结束了它短暂的繁荣期。在此之前，打字机被广泛使用过很长一段时间，只是没有普及到普通家庭。

大正时代诞生的第一批打字机只能打出片假名，当时不仅被用于办公，还成了呼吁废除汉字的有力武器。战后研发的平假名打字机深受梅生忠雄博士的畅销书《智力生产的技术》的追随者们的推崇。另外还有英日一体打字机，但缺点是字母只有大写，假名不能打出拗音和促音。当然，这些打字机根本没办法用来打普通的日语句子。曾有知识分子订购了一批京大式卡片[1]、剪刀和假名打字机，结果因为没办法打出汉字，只得重新手写，费了好一番功夫。

1914年，出于市场需求，日本推出了一款能同时处理汉字和英文的打字机，研发时间比假名打字机还早，多用于政府、学校、法律事务所等办公场合。早年的同人志大多也是用这种打字机制作而成的。

只需按下转换键，就会变成汉字，简直连做梦都不敢想，要是把几千个键摆在一起，机器将大到难以想象。那该怎么办呢？当时人们想到的办法是，在一个放有几千个活字的箱子里搜索出目标文字，利用操作杆将其抓出并进行打印。过程极其烦琐，只有专业人员才能操作。说起来，我曾在街角的珠心算培训班旁边看到过"英日打字培训"的招牌，不知道现在怎么样了。

后来人们研发了一种更容易操作的电动打字机，我曾在大学生协会里看到过一台，还试着操作了一下，但那时文字处理机即将问世。这是常有的事，等技术进步到成熟的阶段时，曾经那些产品就会被当作无用之物丢弃。

当时也有人试图挽救，比如研发具有通信功能或是有APS相机和胶片功能（反而加速了卤化银照相技术的消亡）的打字机，但因为存

---

[1] 日本明治时代引入的一种卡片，主要用来做笔记或者整理资料。——译者注

在时间太短，可能早就被世人忘却了吧。

相比之下，文字处理机具有悠久的历史，而且有机械装置的压迫感和手感。其实在文字处理机引入后，我试着用过一阵子老式打字机。我发现敲击键盘的手感非常好，更有助于激发创作灵感。但即便是我，也从没想过使用日文打字机。因为这种机器很难纠正打错的内容，而且不能删除或插入句子。听说有作家用这种机器写作并获过奖，这着实令我震惊。也许店主人在效仿那位作家。

我过去看到过的打字机庞大而复杂，但店主这台要稍稍小一些。不过，操作起来并没有电脑那么方便。他正全神贯注地操作着眼前的打字机，丝毫没有察觉到我的存在。

咔嗒、咔嗒、咔嗒咔嗒……

我暗自庆幸了一番，目光继续在书架间游走。时间有些晚了，我刚打算悄悄离开，突然……

打字声戛然而止。

我惊讶地回过头，恰好与店主四目相对。他的眼神里似乎带着一丝责备的意味，但我又无法确定他究竟在看哪儿。为了掩饰内心的尴尬，我故意小声嘀咕道：

"接下来……呵呵，这个全集……"

我一会儿伸手拿书，一会儿将手抵在下巴处，假装在思考什么。

越是这种时候，就越难碰到自己感兴趣的书，每个标题看起来都索然无味。店主的目光无比锐利，仿佛在无声地责备着我。我顶着压力继续在众多书本间搜寻着。

但所幸——其实我也不是很确定——有一本书吸引了我的目光。

《奇谭贩卖店》

最重要的是,这个标题很吸引我。

年轻时,我特别注重瞬间的刺激感。但到了如今这个年纪,这种感觉早已钝化。曾经的我动态视力惊人,即便是快步路过一个书架,也绝不会错过当中任何一本有趣的书,如今这种能力早已退化。

我没有抱太大期望,随意地翻开了那本书。但意外的是,当中有几个词格外吸引我。

我心领神会地点点头,拿着那本书朝收银台走去。

店主依然在低头打字,他头也不抬地接过书和钞票,把书放进牛皮纸袋,再递还给我。

作为客人,我得到了继续待在店里的权利,但我并不打算这么做。对我来说,只要买到一本合我心意的书,这一天的任务就算是完成了。

2

该怎么形容呢,真是一部奇怪的小说。

一个小时后，我在时常光顾的那家茶餐厅里，怀着难以言喻的心情，抱着胳膊嘀咕道。桌上放着一杯还未喝完的咖啡，以及夹着店铺餐巾纸的《奇谭贩卖店》。我一会儿扭动嘴唇，一会儿皱起鼻子，接着又松开抱着的胳膊，用双手抱着后脑勺，微微后仰着身子。

这种感觉，该怎么形容呢……

我边嘀咕边思考着，但始终找不到答案。说到底，我甚至不知道这么做是否值得。这部作品可以说是一部长篇小说，也可以说是一部短篇作品集。里面讲述了几个毫不相关的故事，内容倒是十分丰富。比如：外形酷似西式城堡的"帝都脑科医院"的绿色治疗室，电休克疗法；作品标题烂俗的三流侦探小说作家的悲惨命运；名侦探十文字龙作与助理江楠的精彩冒险故事，以及背后隐藏的秘密；围绕合作电影《青髯城杀人事件》的拍摄引发的神秘猜想，以及恐怖的"不死人"的故事；甚至还有充满复古浪漫风情的《时间剧场》的故事……

明明是初次读到这本书，可我却有种莫名的熟悉感。我记得好像有人提起过这部作品。我说的"有人"指的是同行，而且是好几个人。可不巧的是，我在这个圈子里人脉尚浅（也可以说没朋友），详细情况实在不太清楚。

说起来，最近写作圈不断有人销声匿迹，想来后背就有些发凉，总觉得下一个就会是我。可一旦过了某个年纪，有些事情是不可避免的。

这些姑且不谈，再说说这本书，内容可以用两个字来形容——混乱。说得更直白一点，就是杂乱无章。至于初读此书的感想……就像是在一家不起眼的旧书店发现了一部不为人知的巨作。

有些深受侦探小说家或是旧书爱好者追捧的书，能在网络拍卖会上拍出上万日元的价格。听说这本书原本躺在某个偏远温泉镇的旧书店里，是一位收藏家在旅途中经过那里，才发现了这部令同行大为震惊的作品。

我也借阅过那本书的复印版，当中有许多近乎不可能的诡计，引发了一连串的死亡事件，足够吸引现代读者的眼球。但文笔功底有些欠缺，也难怪会被埋没。

但就像推理一样，作品和作家也会被系统地归类。对这个领域我算是颇有研究，即便是不被看好的作品，我也没有错过。但没想到竟然还有一本连出版社名也一并被遗忘的作品，从某种意义上来说，这也算是一种传奇了。

不过，这种残忍的遗忘并不罕见。早年出过一些俱乐部杂志、面向借书店创作的娱乐小说、充满各类冒险与怪谈故事的战后少男少女杂志等，供大家打发时间，有点像现在的电视。如今这些东西的存在痕迹早已被抹除。不管是曾经多受追捧的东西，到头来都是同样的下场。我的工作也终将难逃这种命运吧。想到这里，我不禁悲从中来。

除了一些大型的连锁旧书店，很多小型旧书店几乎很难找到十年前的书。曾经那些备受追捧的小众出版社的小说读本，如今在街头的旧书店已经难觅踪迹。听说那些书即便买到了，店主也不会将其摆在店里，而是会选择销毁。

偏离正题了，这本《奇谭贩卖店》题材十分新颖，但缺乏那个时代的特点，很难吸引到那群病入膏肓的爱书人。要知道他们可是会为了一本书，不惜跑到乡间的旧书店求取。

不过，扔了也太可惜。我知道，也许我是在强行说服自己留下。毕竟这是我意外发现的一本书，也许后面会有全新的故事，或者前所未有的体验等着我呢。

我重新拿起那本书，翻看起封面、扉页和底页，看是否有意外的发现。

作者名此前从未听过。我用手机检索了一下这个名字，但没有什么特别的收获。接下来是出版社名——这个我也从未听说过，但我发现了一件奇怪的事情。

这个出版商……跟那家旧书店的名字一样！

书店经营出版业务的情况并不罕见，但我从未听说街角那家旧书店还出版过书。

所以这是私人出版的作品，或是自费出版的作品吧。那家店不像是有这种业务，所以是作者自己出版的？那也就是说……

想到这里，我的耳边突然回响起一阵熟悉的声音，是老式打字机发出的"咔嗒咔嗒"的敲击声。莫非店主是在整理原稿？或者说是在写小说，然后将整理的文稿打印出来，或者直接印刷成独一无二的实体书。说起来，这本书的文字格式确实跟其他书有些不一样。以前政府和学校使用较多的日文打字机打出的字体十分特别，一眼就能看出跟印刷版和照相排版[1]不同。

但我不确定是否所有的书都是如此，所以关于《奇谭贩卖店》的印刷手法，我在这里没办法下定论。

在这里没办法，那去哪里可以确定呢？

没错，那就是……

我暗自嘀咕着，拿起书和小票站起来。我接下来要去的地方有两个——茶餐厅的收银台和出售《奇谭贩卖店》的旧书店。

3

没过多久，我又回到了方才那条略显荒凉的街道上。

我为何要这样来回折腾？

我也不清楚此时的自己是后悔还是自嘲。乘上回程电车的瞬间，我便一直在想这个问题。《奇谭贩卖店》这本书仿佛具备归巢的本能，指引着我回到了那家书店。

我猛地想起一件事来。那是我上小学六年级，也可能是上初一时的事情。那时我特别爱读书，偶尔还会买一些大人读的书。某次，我在百货商店的图书区看到了一本书，书名叫《魔法——其历史与真

---

[1] 照相排版是利用摄影成像原理，通过摄影曝光将文字成像在感光材料上，再经冲洗获得体片，用底片制版印刷。——译者注

相》。我早前便通过某位怪谈漫画大师的作品,得知了西方魔法和神秘学(当时"超自然"这个词还没有得到普及)的存在。所以这本书对我有着超乎寻常的吸引力。虽然它带有专门的包装盒,但价格非常便宜,用我的零花钱就能买到,于是我二话不说把它买了下来。但买完我越来越害怕,总感觉自己买了不该买的东西。于是我决定回去退货。

我至今还记得K铁百货A店收银台那个姐姐脸上露出的为难表情。其实那本书并没有什么敏感内容,不过是平凡社出版的世界教育全集中的一册,是库尔特·塞利格曼[1]的名作,后来还出了完整的译本。

我从来没有像这样因为买一本书而后怕过。如今我拿着《奇谭贩卖店》返回那家旧书店的心情,也许跟那时候差不多吧。店主肯定不接受退货,我也没打算这么做。但我总莫名地感到不安,直觉告诉我,我不能直接把这本书带回家。

总之,快些赶路吧。

为了缓解内心的孤独感,我暗自嘀咕了一声。

太阳逐渐西斜,天空和地面都染上了褪色照片般的色彩。但就在我朝着那家旧书店赶路的时候,我发现它似乎与刚才略有不同。那家店原本就很难分辨是否在营业,加上它地处昏暗的街角,整个店仿

---

[1] 库尔特·塞利格曼(Kurt Seligmann),瑞士裔美国超现实主义画家、雕刻家兼神秘主义者。——译者注

佛与黑暗融为一体。尽管路边零星地亮起了路灯，也依然没法照亮那处不起眼的角落。我明知道店铺很可能已经打烊，但还是想走上前确认一番，这究竟是出于一种什么心理呢？这家店百分之九十九已经关门。推拉门后侧垂着一块破旧的白色亚麻布门帘，冰冷地把顾客隔绝在外。

（看来没戏。）

我暗自心想。同时我也为自己固执的行为感到懊恼，甚至觉得自己十分愚蠢。但就在我转身想要离开的时候……

咔嗒、咔嗒……

耳边隐约传来操作日文打字机的声音。不知为何，我的心里涌起一阵莫名的恐惧感。竟然有人站在地处偏僻街道，仿佛被时代遗忘的小店里，置身于对大多数人来说毫无价值的书海中，利用那台过时的打字机器，创作着不为人知的故事，这该是件多么恐怖的事情啊。

赶紧回去吧……尽管我很想逃离，可不知为何，我的腿无法动弹。我艰难地向前迈出了一步，但前进方向并非最近的车站，而是旧书店与右侧民宅间的狭窄小巷。说是小巷，我也不确定那算不算通道。总觉得我会冷不丁地闯入他人家中，可我实在抑制不住内心的好奇。如果说是求知欲与使命感的驱使，似乎有些夸张。总之，我没打算直接离开。

小巷很窄，一边是二手书店的油漆墙，另一边则是普通的粉煤灰墙板。脚下的石板布满了青苔，因为走路不稳，我不时会发出"咔嗒咔嗒"的声响，吓得我冒了一身冷汗。

　　主街道的风景逐渐被抛在脑后，这里总给人一种穿越时空的感觉。可能因为这里的建筑十分古老，让我想起了小时候在连大人都不知道的偏僻小巷里穿梭的场景。

　　路过隔壁民宅的窗前时，我还担心会被住户责骂。谁知里面漆黑一片，完全不像有人居住的样子。看来是一处空宅。

　　咔嗒、咔嗒、咔嗒……

　　就在这时，耳边隐约传来操纵打字机的声音。我顺着声音往前走了一会儿，突然来到一个空旷的地方。说是空旷，其实也不过几平方米。右边耸立着邻居家后侧的围墙，左边似乎是那家旧书店的后院，门廊处设有老式玻璃推拉门。正前方有一个仓库，因为常年被风吹日晒，墙壁的白色涂层大多已经剥落，变得十分破旧。每当在街上看到这类颇具年代感的建筑，我都会感到惊讶。不过听说这一带曾是富农的住宅。这栋建筑应该也是那时候留存下来的吧。角落里有一口井。砖石砌成的井口被盖子盖住，但旁边没有泵，应该是一口枯井。旁边堆积着锈迹斑斑的自行车，颇具年代感的家电、家具等废弃物，还有一些木材。因为常年照射不到阳光，这里的气氛有些阴森，地面十分潮湿，四周杂草丛生。

　　后院正对面是一栋木屋，黑瓦砌成的屋顶设有一个如今不太常见的晾衣台。因为屋内光线太暗，透过玻璃推拉门很难看清里面的状况，不过隐约可以看出，里面堆满了书本和杂志。看来这里也属于那家旧书店。若是如此，那我刚刚穿过的那条小巷也属于旧书店的领地，我显然是擅闯私宅。

趁没被发现，赶紧回去吧。

尽管我很想走，可不知为何，我的腿却无法动弹，或者说不受控制。此时我的眼睛和腿仿佛连为了一体。我死死地盯着仓库，正面那扇门似乎打开了一条缝。

我仔细侧耳聆听。

咔嗒、咔嗒、咔嗒……

耳边再次隐约传来日文打字机的声音，若这声音是从店铺收银台那边传来的，那距离未免太近。但至少在声音响起期间，店主不会注意到这边。

我蹑手蹑脚地往仓库那边走去。随着脚步一点点往前挪动，建筑物的阴影逐渐将我吞没。但我没有停下，因为我不允许自己退缩。而且，我总觉得那地方散发着奇怪的气味，像是为了掩盖某样极其可怕的东西，但也可能是为了引诱猎物上钩。我的脑中开始敲响警钟，直觉告诉我，不能再往前走了，可我还是抑制不住自己的好奇心。

门后似乎有东西。但里面太暗，透过缝隙射入的光线不足以照亮整个空间。

没办法，没办法了……

我也不知道自己想表达什么，只是自然而然地将手放到了仓库的门上。下个瞬间，我屏住了呼吸，不，是无法呼吸，一股强烈的厌恶感和懊悔感涌上心头，从没有东西像现在这样令我感到作呕。

里面放着成堆的尸体，有的还能看出生前的模样，有的已经腐烂膨胀，有的皮肤已经剥落，有的已经渗出体液和脂肪，有的全身溃烂化脓，有的早已变成了青黑色，甚至有的已经化作森森白骨……如同佛教九相图[1]般的惨烈光景呈现在我眼前。

但九相图只是呈现肉体腐烂的过程，而这里一并展示出了人死后的各种地狱图景。说明这些人不是同时死的，而是在不同时间丧命的。

这……这到底是怎么回事……

我的脑中冒出一个疑问，但我的精神完全被恐惧和混乱占据，根本无暇思考问题。眼睛、鼻子、耳朵……所有感觉器官都处于麻痹状态，我什么也感觉不到，也无法思考任何问题。不知过了多久，等我回过神来时，打字声已经悄然停止。不仅如此，我身后似乎站着一个黑影。

察觉到后，我慌忙回过头。与此同时，背后传来物体划破空气的声音。我的后脑勺受到猛烈的冲击，整个人缓缓瘫倒在潮湿的地上。疼痛、恐惧……这些活着才会有的感觉迅速离我远去。

后来，昏迷中，那人开始了一段独白，并讲述起了一段既属于我，又不属于我的故事……

---

[1] 九相图就是用绘画描绘出从红颜到腐尸白骨的九个变化过程，目的是告诫人们不要眷恋自己或别人的美色。——译者注

4

——又买了一本书。

这家旧书店是我珍贵的城堡，也是我仅存的落脚之地。这家店就像是我的脑髓，而书架上那些密密麻麻的书本就像是我的脑细胞。里面的一切都承载着我的思想、记忆与骄傲。

因为这些书都是我亲自挑选并采购的，我不希望被外界误解。不同于可以退货的新刊书店，旧书店里的书属于店主的私人财产，弄脏后不能更换，也无法提供补偿，所以卖不卖全看我的心情。

为什么这么说呢？因为这家店的书大多是我的私人藏书。我曾经有个宏伟的愿望，我想读遍世上所有的书，并在附近建立一个巨大的文字王国。

我超级爱书，我喜欢品读不同的故事，所以我收集了大量的书籍，但我也因此告别了正常人的生活。世人似乎称之为"落伍"，我也是花了很长时间才理解了这个词的含义。

我不可能读完世间所有的书，就算读了几千几万本书，也不会为我带来任何改变。意识到这点后，我的人生陷入了停滞状态。曾有人对我说，要想摆脱这种状态，便不能把人生全部奉献给书。我思前想后，最后也只能选择写故事了。我试图把所有的时间和精力都用于写书，如果能做到这点，我的人生就可以像奥赛罗棋[1]一样，一举翻盘，赢得胜利。

为此，我收集了越来越多的书，每日废寝忘食地阅读。与此同时，我也在没日没夜地写作，但是……梦想终究没能实现。我不得不放弃理想，留下那堆数量庞大的藏书。

我曾经十分崇拜小说作者，甚至想成为他们当中的一员。如今他们成了我憎恨的对象，可憎恨并不能填饱我的肚子和钱包，于是我只能靠卖掉那些毫无用处的藏书来谋生。

于是，我开起了旧书店，成了街角一家不起眼的寒酸店铺的老板。那栋屋子很破，唯一的好处是后面有一个仓库。这样的结局令人不免唏嘘，但我莫名地感到满意。

令我意想不到的是，这次非常成功。因为店里有许多稀有藏书，意外地很受顾客欢迎。书店的钱箱里装满了小额的纸币和硬币，我常年收集的藏书也被卖到了不同人的手中。虽然有些不舍，但这也是没办法的事情。

后来有一天，我意识到一件事情。我店里的常客大多都是作家，这着实有些奇怪。起初我并不理解。大多作家都不愿意露面，买书的时候也不会自报家门，但我依然能时不时通过样貌认出他们，或是借开发票的名义询问姓名。有时会在打包的时候，通过闲聊得知他们的

---

[1] 奥赛罗棋在西方和日本很流行，通过相互翻转对方的棋子，最后以棋盘上谁的棋子多来判断胜负。——译者注

身份。

看来这家店在圈子里已经小有名声了，大家都相互推荐说"去那家旧书店可找到不错的素材"。对他们来说，我店里的商品，或者说我的私人藏书可以成为极好的参考资料或是灵感来源，所以他们才会争先恐后地前来选购。

作为一个商人，我本该感到高兴，同时作为一个爱书人，我也该为能够帮到众多作家而感到自豪，但我一点也高兴不起来。为什么会这样呢？

因为他们——那些轻易便实现了我梦寐以求的愿望的可恨之人，竟然利用我的汗水和泪水的结晶，利用我引以为豪的藏书去创作新的作品。这种事情真的合理吗？那些家伙不仅要夺走本属于我的机会，甚至还要将我的脑髓一并盗走！

终于，积压多年的怨念爆发，我绝对不能容忍这种罪行，既然是罪行，那就应该得到惩罚。

他们并没有察觉到异样，依然像往常一样来到店里。即便是初次光顾，只要是作家，我便毫不留情。每当他们找到一本满意或是稀有的书时，内心一定十分欣喜吧。我一个也没放过，没错，比如……

某人买完稀有手册《帝都脑科医院入院指南》后，我谎称还有珍稀藏书，把他骗到晾衣台上，趁机将他推下。

某人买完某个三流作家自制的《迫近的黑影》后，我悄悄走到他身后，将他勒死。

某人抱着刊有曾经的人气漫画《这里是X侦探局/怪人幽鬼博士之卷》的杂志走过来时，我恰巧想起了漫画中的分格，于是将他丢进了混凝土蓄水池中。

某人买完不知从哪个电影厂流出的《青髯城杀人事件 电影化相关文件》后，我用利刃把他划得满是伤痕，看起来像被怪物撕咬过一般。

某人想买齐历史浪漫小说《时间剧场·前后篇》，我把他逼到废弃的电梯前，引诱他坠落到井道里。

最后我把这些尸体全都带回来，塞在了房子后侧的仓库里。我花了很大心思来消除腐臭味，但还是效果不佳。不过好在没人注意到，我也松了口气。

然后，我代替这些没办法再执笔的作家，以他们为主人公，创作起了新的故事。这次轮到他们为我提供素材，助我写作了……

我有一台十分喜爱的日文打字机，那是我几经波折才买到的。

在过去，除非是专业作家，否则自己的作品只能通过自费的方式出版。但因为要花很多时间和精力做排版，出版商通常会收取高昂的费用。如果不想花钱出版，那就只能用这种机器自行打印，这种打字机本身也是为此而存在的吧。

我决定用这台打字机创作一部作品。于是我每天窝在收银台前，咔嗒咔嗒地操纵着打字机。就这样，我顺利完成了一本自制书，里面的故事灵感全都来源于我自己的藏书，书名就叫《奇谭贩卖店》。这名字多么贴切啊，不仅符合我当前的职业，还侧面反映出了我多年来的梦想，简直完美……我刚想自卖自夸，无意间又发现一个问题，这本书还缺少一部分内容。没错，《奇谭贩卖店》还有一个新的篇章。

对啊，我要把这部分写出来，连同前面五篇一起，重新整理成册——想到这里，我二话不说行动起来。

我把新的尸体丢进仓库，匆匆回到打字机前。

咔嗒、咔嗒、咔嗒咔嗒……

咔嗒、咔嗒咔嗒……咔嗒……

咔嗒、咔嗒、咔嗒……咔嗒咔嗒……

我忘我地操控着打字机，不断将字打到纸上。我很快投入到了新的故事中，手时常跟不上思维的脚步。我也不清楚究竟是自己在操控打字机，还是打字机在操控我。

不知不觉间，我与笔下的故事融为一体。这并非比喻句，而是在陈述事实。但我也是后来才意识到这一点。

等回过神来，我的眼睛无比酸胀，手指也变得麻木。可能因为长时间保持着奇怪的姿势，我甚至能听到我的骨头在咯吱作响。很快，这些被一阵强烈的疼痛覆盖。但我没有停止写作，甚至没有意识到我的双手沾满了鲜血，我的手指被压成了肉块。

等我意识到时，已经太晚了。残暴的金属巨颚将我整个手臂吞了进去。我的皮肉一点点被撕碎，骨头一点点被碾碎。剧烈的疼痛感逐渐化作文字，编织着新的故事。

我即将化作故事的一部分，与《奇谭贩卖店》这本书融为一体。

当我挣扎着试图逃跑时，周围的书堆坍塌了，书架接连倒塌。与此同时，血水和脓水朝四周飞溅，地面布满了腐烂的液体、肉块和骨头，我也分不清究竟是我的，还是那些牺牲者的。我的脸逐渐被吞没，眼珠被剜出，鼻子被削掉，舌头被割下，耳朵被撕碎。接着，我在无尽的地狱中被撕成碎片，化作一个个文字。但相比痛苦，我更多的是感到疑惑。

为什么？为什么会变成这样？我为什么要遭遇这些？然后，我猛地意识到一件事情。

等等，对啊……前面每篇都有灾难和厄运降临在主角身上，每一个"我"都没能幸免。若是如此，那这里的我应该也难逃一劫吧？对于正在讲述《奇谭贩卖店》——正在编写新篇章的我来说。不，不对，那些"我"是我构思出的角色，他们跟我完全不同。他们是虚构的，而我是真实存在的——但要如何证明这一点呢？

我们有着不同的立场，我是创作者，而他们是创作者笔下的产物。可我已经与他们融为一体，早已分不清彼此。

比如后院仓库里的那些尸体，究竟是那些故事里说的是真的，还是我刚刚说的是真的？谁能证明呢？他们会落得如此下场，只是因为买了一些旧书吗？

没错……每个"我"都存在于不同的故事中。而我是有血有肉的人，那些场景不过存在于文字的世界里，实际并不存在。刚刚提到的

"血"和"肉"也只是存在于文字里而已。

若是如此……那拿起此书，读到这里的你会怎么想呢？我不知道你是从哪个书店、旧书店或是图书馆得到的这本书。但在你拿起的那瞬间，表示你也成了"我"中的一员。

没错……所有拿起这本《奇谭贩卖店》并阅读当中故事的人，请小心等待你们的命运——尤其是暗处与背后，以免突然被推下，身体被撕成碎片，然后被囚禁在这本书中。

后记——抑或是为爱好者整理的笔记

芦边拓

读者（你）能看到"后记"的部分，说明已经从《奇谭贩卖店》的束缚中解脱出来，并平安回到了现实世界。或者是，你还没能掉入这六个故事的陷阱里。首先恭喜你平安通过考验……

我怎么一开头就写些奇怪的话，真是抱歉。其实本书最初在《小说宝石》上连载，后来单行本化的时候，还没有添加作品必不可少的"后记"部分。所以我决定早点撤掉剧院的黑幕，打开观众席的灯光，为大家细细解说本作品。所以，请放松心情——

◇

说起写这本"古书怪谈"作品的契机，是因为某次我跟合作多年的责编铃木一人老师聊天时提到，水木茂老师的早期作品自由地融入了许多外国科幻小说和怪异幻想小说的元素。所以他建议，有机会的话，让我也尝试创作一部悬疑类的古典小说。

后来我们愉快地讨论了我非常喜欢的《怪异死人帐》（原作是借阅版的《妖棋死人帐》）——讲述了某个年轻仆人偶然得到一本古书，后来怪事频发的故事。过程中发生了复杂怪异的化学变化，然后不知为何，我就下定决心要写这样一部作品。

我光顾旧书店——可以说是"奇谭贩卖店"已经有四十多年。虽然不及那些从年轻时起便四处收集古书，混在一群动漫狂热分子中间，高价抢购稀有图书的人，但我也确实在旧书店投入了非常多的时间和金钱。不过，我一直不敢把书店的元素写进作品……是因为自己生来性格乖僻，还是因为怕触碰到自己的本质？到底是哪个呢？

◇

本书卷首的**《帝都脑科医院入院指南》**（以下所有标题都会添加书名号）是以北杜夫先生的《榆家的人们》中的舞台为原型，以作者从小生活的青山医院（帝国脑科医院）为灵感创作而成。自从我在十四岁前后接触到这部作品（最初是NHK银河电视小说的第一部作品），这栋实际存在的怪异建筑的画面便深深印在了我的脑海里。

后来我又读了北氏的哥哥——医院的继承人斋藤茂太博士所著的《三代精神科医生》，当中详细描写了怪异而扭曲的建筑细节，我当时就想着有一天要运用到自己的作品中。

如今回过头去品读发现，这既算是一部恐怖小说，也算是一部推理作品，当中的诡计和解谜方式都十分讲究，还包含此前从未有过的个人小说元素，比如曾经的家人，如今早已搬离的大阪老宅。可我手脚笨拙，没办法做出那样精致的模型，也不可能把离奇死亡的医生带

后记——抑或是为爱好者整理的笔记

到祖先面前……

这种倾向在有多位现实存在的编辑和评论家登场的《**迫近的黑影**》中愈发明显。这部作品中刻画的悲惨三流侦探小说家当然是架空人物，有些参考了现实的资料，但当中的悲惨遭遇和悄无声息被杀的桥段让我切实地感受到了恐惧，并产了共鸣。

顺便说下，关于作品中以"H氏"的名义登场的秦重雄先生的相关信息，可以参阅《颇具挑战性的文学史 一直被误解的部落/麻风病的历史》（Kamogawa出版）。

接下来是《**这里是X侦探局/怪人幽鬼博士之卷**》中的采访桥段（虽然没有作品中那样的美少女），以及尝试用电脑绘制漫画的桥段，这些都是基于我的实际经历创作而成。说起来，我还曾妄想把作品中流浪少年侦探的故事拍成短片电影来着。

然后是《**青髯城杀人事件 电影化相关文件**》（起初叫《青髯城——》），一般人都会借用某个游戏角色，将其做成"短剧"发布到视频网站上。关于将小众推理名作电影化的想法，我也是因为在网站上看到一些虚假宣传信息，从中获得启发，于是做了个虚假预告片传上去。

如今不只是漫画家，小说家也会在同人志上发布商业杂志不允许刊登的作品。我是一个不懂变通的人，原则上只写自己喜欢的东西。本以为其他题材的作品与我无缘，谁知最后竟能写出这种天马行空、超脱规则束缚的故事。

《时间剧场·前后篇》中提到的网络拍卖和参加竞拍会的桥段，其实是根据我收集昭和二三十年代的少男少女侦探小说集和热门作品期间的实际经历改写而成。同名作品中描写的家族故事并非完全虚构。

　　这些短篇故事展现出了我鲜少被人看到的一面，算是一部非同寻常的作品。

◇

　　好了，关于最后一篇与本书同名的**《奇谭贩卖店》**，当中究竟讲述了怎样的故事？又隐藏了怎样的秘密呢？答案不言而喻，这里还是不说为妙。

　　因为"奇谭贩卖店"某种程度上像是我们小说家的一种别称，这里不便过多展示故事的另一面。

　　万一读者不小心迷路，走进了那片古老的花园，并发现了那个飘散着异样气息的仓库，那对我们双方都没有好处……

◇

　　总之，本书在发行单行本后，又拜托平井隆子老师帮忙设计封面和内文插图，柳川贵代老师协助装订，文库编辑部的堀内健史老师

后记——抑或是为爱好者整理的笔记

负责编辑，于是才有了这本文库版《奇谭贩卖店》。若是大家能把这本怪诞离奇、充满危险气息的故事集收入囊中，我将感到不胜荣幸。不，我建议大家一定要买下，因为……

　　这是为你而创作的特别版《奇谭贩卖店》。

　　这本文库本是作为那家书店老板的我亲自撰写并悄悄放入流通市场的作品，世间仅此一册。

　　你能看到这里，说明已经或者即将进入这个故事。

　　所以，请务必做好准备……

北京市版权局著作合同登记号：图字 01-2024-3382

《KIDAN WO URU MISE》
© Taku Ashibe 2015
All rights reserved.
Original Japanese edition published by Kobunsha Co., Ltd.
Publishing rights for Simplified Chinese character arranged with Kobunsha Co., Ltd.
through KODANSHA BEIJING CULTURE LTD. Beijing, China.

图书在版编目（ＣＩＰ）数据

芦边拓幻想短篇集.奇谭贩卖店／（日）芦边拓著；青青译. -- 北京：台海出版社，2024.3
ISBN 978-7-5168-3793-1

Ⅰ.①芦… Ⅱ.①芦…②青… Ⅲ.①短篇小说－小说集－日本－现代 Ⅳ.① I313.45

中国国家版本馆 CIP 数据核字 (2024) 第 031245 号

芦边拓幻想短篇集.奇谭贩卖店

著　　者：[日]芦边拓	译　　者：青　青
责任编辑：员晓博	插画绘制：[日]浮云宇一
封面设计：🐌 · 车　球	

出版发行：台海出版社
地　　址：北京市东城区景山东街 20 号　　邮政编码：100009
电　　话：010-64041652（发行、邮购）
传　　真：010-84045799（总编室）
网　　址：www.taimeng.org.cn/thcbs/default.htm
Ｅ－mail：thcbs@126.com

经　　销：全国各地新华书店
印　　刷：北京盛通印刷股份有限公司
本书如有破损、缺页、装订错误，请与本社联系调换

开　　本：880 毫米 × 1230 毫米	1/32
字　　数：130 千字	印　　张：5.875
版　　次：2024 年 3 月第 1 版	印　　次：2024 年 8 月第 1 次印刷
书　　号：ISBN 978-7-5168-3793-1	

定　　价：119.00 元（全三册）

版权所有　　翻印必究